		Wohnort der Eltern.	Studium.
	Sommersem. 1886.	1. Mai 1886.	
1089.		Herdorf	med
2	Franz Preyer	Olpen	jus

Laufender Numerus.	Zunamen, Vornamen.	Wohnort der Eltern.	Studium.
121 / 1209	Muresianu Sever.	Nasød in Siebenbürgen	Kunstgeschic.
122	Milossavljevits Andr.	Kragujevaz Serbien	jus.
123	Rintaro Mori	Tōkyō, Japan. (Senju strasse 19.)	med.
124	Eduard Freiherr von Dellingshausen	Kattentack in Estland (Russland)	phy
125	Max Weber	Hilbersdorf bei Chemnitz	me
126	Joh. Roth	Villmar Nassau	theol
127	Aug. Borchards	Lemgo Fürstenthum Lippe	me

監修者――加藤友康／五味文彦／鈴木淳／高埜利彦

［カバー表写真］
ブランデンブルグ門

［カバー裏写真］
軍服姿の桂太郎（左）と森鷗外

［扉写真］
ミュンヘン大学『学籍簿』1886年夏学期
（No.123は森自身の記載である）

日本史リブレット人 091

桂太郎と森鷗外

ドイツ留学生のその後の軌跡

Araki Yasuhiko
荒木康彦

目次

近代におけるドイツ留学

ドイツに長期留学した桂太郎(一八四八～一九一三)と森鷗外(一八六二～一九二二)を通じて、ドイツの日本への影響を考察するのが本書の主要テーマである。この二人はともに明治維新《いしん》前に生まれ第一次世界大戦前後に死没しており、それは日本が近代国家の体制を確立し、国際社会に軟着陸したのちに定着した時期である。ドイツではプロイセンによって戦火のなかで鋳出された帝国が繁栄し、国際社会でも重きをなしたが、第一次世界大戦でメルト・ダウンした時期である。ドイツの影響下に近代国家日本が確立していく時期に、ドイツ陸軍に範を求めた日本陸軍に籍をおいて活躍したこの二人は、両国のこうした「遭遇」の最前線にいたことになろう。

留学とは外国に在留しながら学問・研究をすることと定義したい。『続日本《しょくにほん》紀《ぎ》』▲巻一二の「聖武《しょうむ》天皇　天平《てんぴょう》七年」(七三五年)四月の件《くだり》に、このような意味での留学という語がはじめてでてくる。だが、いわゆる「鎖国《さこく》」体制が確立した江《え》戸《ど》時代には、留学は一般的には、在学や就学、または在学の延長という意味になった。さきに述べたような意味での留学という語が公文書《こうぶんしょ》で定着するのは明治維新直後であり、一八七一年二月十二日(明治三年十二月二十三日)にだされた「布告」にも留学という語がでており、こうした意味での「留学」という語が、この時期に定着し始めたことを物語っている。

従来、ドイツの大学に正式に留学した最初の日本人は、一八六七(慶応《けいおう》三)年にオランダに渡り、七〇年の夏学期にドイツのハイデルベルク大学に学籍登録した赤星研造《あかぼしけんぞう》▲であるとされた。また留学のために直接にドイツに渡った最初の日本人は、一八六八(明治元)年に離日し、七〇年の冬学期にベルリン大学に学籍登録した青木周蔵《あおきしゅうぞう》▲と萩原三圭《はぎわらさんけい》▲とされてきた。

しかし、私が日独英蘭の一次史料を幅広く採取して精密に分析した結果、留学のために直接にドイツに渡った最初の日本人も、ドイツの大学に正式に留学

▼**『続日本紀』**　『日本書紀《にほんしょき》』につぐ二番目の勅撰の正史《せいし》。七九七(延暦《えんりゃく》十六)年に完成。全四〇巻。前半は六九七年八月から七五八(天平宝字《ほうじ》二)年七月まで、後半は同年八月から七九一(延暦十)年十二月までのことが記されている。

▼**赤星研造**　一八四四～一九〇四。福岡藩から派遣されて一八六七(慶応三)年以降オランダに留学して、七〇(明治三)年にドイツのハイデルベルク大学に転じる。帰国後は東京大学医学部教授、宮城《みやぎ》病院院長などを歴任。

▼**青木周蔵**　一八四四～一九一四。長州《ちょうしゅう》藩出身の外交官、政治家。ドイツ留学後、外務省に入省。ドイツ駐在公使、外務次官を歴任したのち、外相(一八八九～九一、一八九八～一九〇〇)もつとめた。

した最初の日本人も、一八六七年五月十五日(慶応三年四月十二日)に長崎を発ち、一八六八年十月二十一日にハイデルベルク大学に学籍登録した、会津藩《あいづはん》出身の馬島《まじま》(のちに小松《こまつ》と改姓)済治《せいじ》▲であることを立証して新説として発表し、それは国際的に認められた。

▼**萩原三圭**　一八四〇〜九四。土佐《とさ》藩出身の医学者。一八六八〜七三(明治元〜六)年間はベルリン大学、八四〜八六(同十七〜十九)年間はライプチヒ大学に留学した。京都府立医学校長、宮内省《くないしょう》侍医《じい》などを歴任。

▼**馬島(小松)済治**　一八四八〜九三。会津藩から派遣されて、一八六八〜六九(明治元〜二)年にドイツのハイデルベルク大学に留学。帰国後は岩倉使節団《いわくらしせつだん》二等書記官、司法省《しほうしょう》民事局長、横浜《よこはま》地方裁判所長などを歴任。

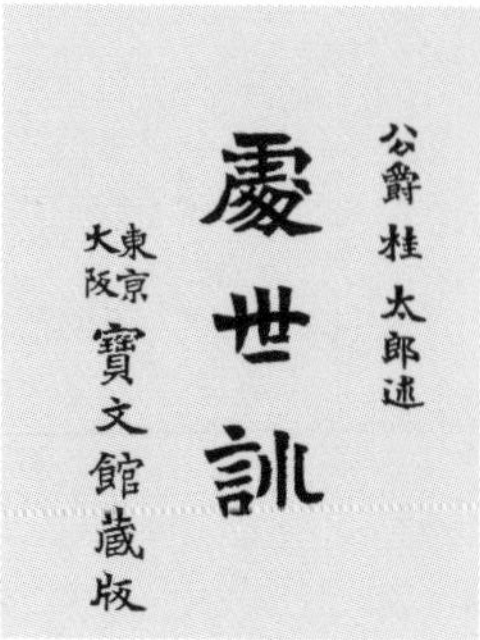

『処世訓』

①—桂太郎の三度の渡独

『自伝』と『処世訓』

桂太郎自身による『桂太郎自伝稿本《じでんこうほん》』(国立国会図書館憲政資料室所蔵)と自伝的性格をもつ『処世訓《しょせいくん》』(寶文館、一九一二年刊)は、桂の、とくに史料が少ない青年期の軌跡については、重要なものである。だが、史学理論からすれば、これらは本人による叙述とはいえ、後年に書かれたものであるという点において可信性は必ずしも高くなく、そのまま依拠できるわけではない。とはいえ、本書の限られた紙幅では、史料批判の方法で逐一検討することもできない。本書のテーマからして、重要だと思われる点だけを実証的に検討しつつ、ドイツ留学経験者としての桂太郎の軌跡を追って、近代史におけるドイツの日本への影響を把握することにしたい。

ドイツ留学まで

桂太郎は一八四八年一月四日(弘化《こうか》四年十一月二十八日)に長州藩士《ちょうしゅうはんし》桂与一右《よいちう》

衛門《えもん》（禄高《ろくだか》一二五石《こく》）の長男として長門国《ながとのくに》阿武《あむ》郡萩《はぎ》字平安古《ひやこ》（現、山口県萩市平安古町）に出生し、初めは壽熊《ひさくま》、のちに太郎と称した。『桂太郎自伝稿本』（以下、『自伝』と略す）および『処世訓』によれば、次のような少年期の経験から「外遊の志」は生じたとされる。叔父の中谷正亮《なかたにしょうすけ》の家で『坤輿図識《こんよずしき》』（箕作省吾《みつくりしょうご》訳、一八四五年刊）をみ、のちにこの叔父から説明を聞くにいたったこと、また江戸土産《えどみやげ》にもらった時々夢斎《じじむさい》著『海外人物小伝』（一八五三年刊）を読んだことなどであった。桂は一〇代半ばから従軍し、二〇歳ころに奥州《おうしゅう》での戦さの終結を迎え、その直後に東京であった大村益次郎《おおむらますじろう》▲から、将校養成の「正則《せいそく》の教育」をほどこし、留学のための語学を習得させる「横浜《よこはま》語学所」への入学を勧められた。

桂のドイツ留学の経緯は、徳富猪一郎《とくとみいいちろう》編述『公爵《こうしゃく》桂太郎伝』以来ごく最近の伝記まで、『自伝』や『処世訓』での陳述を踏まえて、大略以下のようにされている。海外留学を志望する桂が、大村益次郎の助言で、一八六九年十一月（明治二年十月）に横浜語学所に入学したが、七〇年六月（明治三年五月）にそれは大阪兵学寮《へいがくりょう》内に移され幼年学舎《ようねんがくしゃ》と改称され、そこでは海外留学の方法がないことがわかった。桂は病気と称して陸軍病院に入院し、さらに病院長緒方惟準《おがたこれよし》▲に頼

▼**大村益次郎**　一八二四〜六九。長州藩出身の軍政家。緒方洪庵《こうあん》の適々塾《てきてきじゅく》に学ぶ。宇和島《うわじま》藩に仕えたのちに、蕃書調所《ばんしょしらべしょ》教授手伝い、講武所《こうぶしょ》教授となる。一八六〇（万延《まんえん》元）年長州藩の軍制改革に着手し、第二次長州戦争、戊辰《ぼしん》戦争で活躍した。維新後は兵部大輔となるも、京都で襲われたときの傷がもとで没す。

▼**緒方惟準**　一八四三〜一九〇九。大阪出身の陸軍軍医《ぐんい》。緒方洪庵の二男。一八六五〜六八（慶応元〜明治元）年間、オランダ留学。帰国後は宮内省出仕ののち、陸軍軍医となり、軍医本部次長、陸軍医学校長などを歴任。

み込んで診断書を書いてもらい、退校した。そして、桂は自費留学の方途をとって、アメリカ経由でフランスをめざして、一八七〇年九月二十一日(明治三年八月二十六日)に横浜を発ったというのである。

だが、こうした経緯を直接裏づける一次史料は、従来ほとんど発見されていない。桂が離日した直後の一八七〇年十月(明治三年九月)には大阪兵学寮から、フランス語に熟達した一〇人の学生が選抜され、翌月にフランス留学を命じられている。一八七〇年十二月三日付の、横浜刊行の英字新聞『ジャパン・ウィークリー・メール』掲載の船舶情報のなかの乗客名簿によれば、フランス汽船ヴォルガ号で十一月二十七日に一〇人の兵学寮生徒がマルセイユに向かっている。しかもそのなかには桂と同藩で、ともに横浜語学所で学んできた楢崎頼《ならさきらい》三《ぞう》▲もいる。兵学寮では留学の方法がなかったということではなくて、むしろ兵学寮から派遣される留学生に桂は選ばれなかったので、病気の名目で兵学寮を退学し、みずから留学することにしたと判断するのが合理的であろう。

従来の伝記では、桂が留学のために離日した時期について、一次史料をさがし、さらにそれを厳密に検討することなく、一八七〇年九月二十一日とされて

▼**楢崎頼三**　一八四六〜七五。長州藩出身。明倫館《めいりんかん》、横浜語学所、陸軍兵学寮に学び、一八七〇(明治三)年に留学のために渡仏するも、七五(同八)年にパリで客死した。

▼**大山巌**　一八四二〜一九一六。薩摩《さつま》藩出身の陸軍軍人。戊辰戦争に参戦し、一八七〇〜七一(明治三〜四)年に渡欧した。その後、参謀本部次長、陸軍卿、陸軍大臣などを歴任した。日清《にっしん》戦争では第二軍司令官《しれいかん》をつとめた。一八九八(明治三十一)年に陸軍元帥、翌年参謀総長となった。日露《にちろ》戦争では満州軍《まんしゅうぐん》総司令官として活躍した。

▼**林有造**　一八四一〜一九二一。土佐藩出身の政治家。立志社《りっししゃ》設立に参画した。第一回総選挙以降、衆議院議員となる。一八九八(明治三十一)年に逓信《ていしん》相、一九〇〇(同三十三)年に農商務《のうしょうむ》相になった。

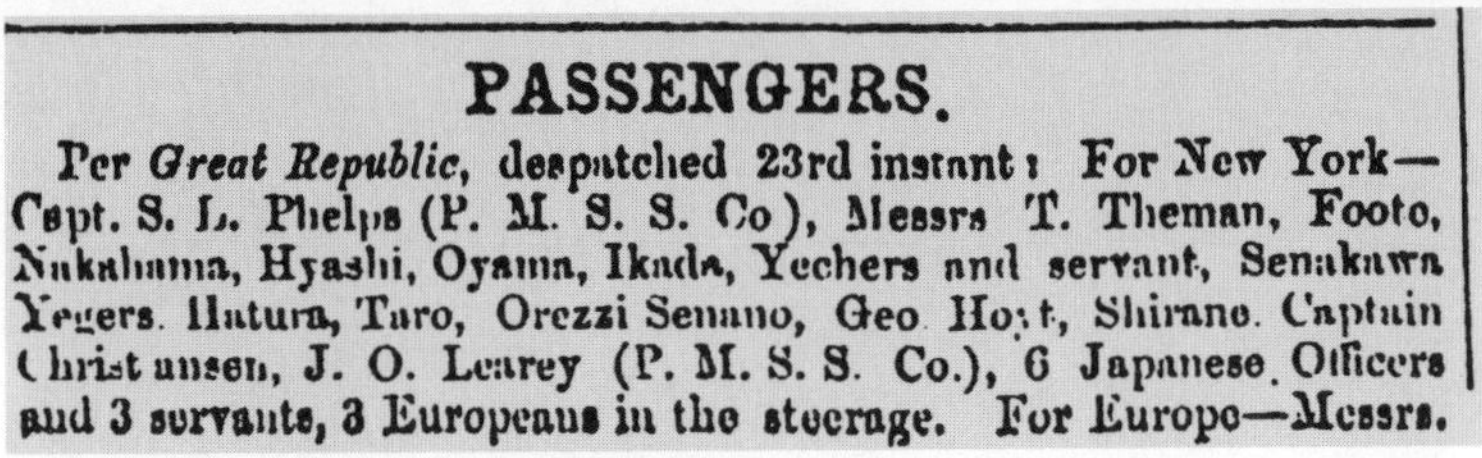

PASSENGERS.

Per *Great Republic*, despatched 23rd instant: For New York—Capt. S. L. Phelps (P. M. S. S. Co), Messrs T. Theman, Footo, Nakahama, Hyashi, Oyama, Ikada, Yechers and servant, Senakawa Yegers. Hatura, Taro, Orezzi Senano, Geo. Hoyt, Shirano. Captain Christiansen, J. O. Learey (P. M. S. S. Co.), 6 Japanese. Officers and 3 servants, 3 Europeans in the steerage. For Europe—Messrs.

グレート・リパブリック号の乗客名簿(『ジャパン・ウィークリー・メール』1870年10月1日付)　下から3行目に〈Hatura, Taro〉とある。

きた。この点についての一次史料をさがした結果、以下の六点をみいだすことができた。すなわち、(1)弁官《べんかん》宛の山口藩からの桂の「留学願」、(2)外務省の「本《ほん》官勘合帳《かんかんごうちょう》」、(3)「自慶応丁卯《ていぼう》年至明治壬申《じんしん》年末　外務省記録　航海人明細鑑」、(4)横浜刊行英字新聞『ジャパン・ウィークリー・メール』掲載の船舶情報、(5)大《おお》山巌《やまいわお》▲の『洋行《ようこう》日記』、(6)林有造《はやしゆうぞう》▲の『日記』である。

(1)は一八七〇(明治三)年八月十五日に「佛學修行」のために桂をフランスに派遣する許可を求めたもので、即日「願ノ通」聞き届けられている。(2)において、桂に発給された旅券については「第百三十八号　佛国　山口藩　桂太郎　午《うま》二十二歳」とされており、交付は一八七〇年で旅券番号は「第百三十八号」ということである。(3)の「佛」の箇所に、氏名は「桂太郎」・出身は「山口縣」・派遣は「官」・時期は「明治三年八月」・年齢は「廿二」と記載されている。一八七〇年十月一日付の(4)の前記新聞掲載の船舶情報のなかのアメリカの汽船グレート・リパブリック号の乗客名簿に、〈Hatura, Taro〉とあり(KaturaがHaturaとなっている)、九月二十四日付の同紙の船舶情報のなかの離発着欄に同船が二十三日にサンフランシスコに向け出帆したことも報じられている。

板垣退助

▼板垣退助　一八三七〜一九一九。土佐藩出身の政治家。維新《いしん》後は参議《さんぎ》となるが、明治六年の政変で下野《げや》した。愛国公党《あいこくこうとう》を組織。一八七四(明治七)年に民撰《みんせん》議院設立建白書《けんぱくしょ》を提出し、八一(同十四)年に自由《じゆう》党を結成して自由民権《みんけん》運動を展開した。一八九二(明治二十五)年および九八(同三十一)年に内相《ないしょう》に就任。晩年は社会事業に専念した。

一八七〇年九月一日(明治三年八月十五日)に普仏《ふふつ》戦争の観戦を命じられた大山の名もグレート・リパブリック号の乗客名簿にあるが、(5)の七〇年九月二十三日(明治三年八月二十八日)の件《くだり》には、大山は「米国飛脚船《べいこくひきゃくせん》」グレート・リパブリック号で横浜を発ち、この船には「二十四人の日本人」が乗っており「長州《ちょうしゅう》より品川《しながわ》・有地《ありち》・桂の三人」と記載されている。大山らとともに普仏戦争の観戦を命じられた高知藩の板垣退助《いたがきたいすけ》▲に随従することを、林は同藩から命じられた。(6)によれば、一八七〇年九月二十三日(明治三年八月二十八日)に乗船(すなわち船名グレート・リパブリック)、六時に錨《いかり》を上げ東向きに出港したとあり、さらに船中に日本人が多く、姓名を問い人名を記すとされ、そのなかに「桂太郎(長藩)」の名がある。以上から、一八七〇年九月十日(明治三年八月十五日)に桂のフランス留学の願いが山口藩からだされて即日許可され、その直後に「第百三十八号」の旅券が交付され、桂は同月二十三日(同月二十八日)にアメリカの汽船グレート・リパブリック号で横浜を発ち、アメリカ経由でヨーロッパに赴いたという事実を確定できた。

ドイツ留学中の生活と勉学

林有造の『日記』によれば、林は一八七〇年十一月十六日(明治三年十月二十三日)にロンドンに到着し、同十六日(同二十三日)の件に桂たちは「明朝プロイセンに渡海」とされている。この時期にロンドンにいたほかの日本人グループは、二日でロンドンからベルリンに到着している。したがって、ロンドン到着後に普仏戦争によって混乱するフランスからドイツへ留学先を変更した桂は、一八七〇年十一月十九日(明治三年十月二十六日)にベルリンに到着したと考えられる。一八六九(明治二)年に渡独してベルリンにいた佐藤進《さとうすすむ》▲によれば、彼の下宿を桂が訪れたのは七〇年冬であるとされているが、これに矛盾しない。『処世訓』では、桂のベルリン到着は「ナポレオン三世が、プロイセン軍に破られて、降伏した日」であったとされるが、ナポレオン三世がセダンで降伏したのは、一八七〇年九月一日であるから、『処世訓』の記述は明らかに正確ではない。また、『青木周蔵自伝《あおきしゅうぞう》』は桂のベルリン到来を普仏戦争の講和《こうわ》が成立したあととしているが、これもまた正しくないであろう。

桂がベルリンに到着した一八七〇年十一月の時点で、佐藤進以外にも長州藩

ベルリン留学中の桂

▼佐藤進　一八四五〜一九二一。常陸《ひたち》国出身の軍医、医学者。順天堂《じゅんてんどう》医院の第二代目院長。一八六九〜七五(明治二〜八)年間、ドイツに留学した。軍医監として西南戦争に従軍し、以後、軍医としても活躍した。

の青木周蔵、土佐藩の萩原三圭《はぎわらさんけい》が留学生として同地にすでに滞在していた。『自伝』によれば、彼らの助けを借り、フランス語しか解しない桂はまずドイツ語の勉学に取り組んだ。翌年から桂は退役軍人パーリス（歩兵《ほへい》大佐、プロイセンのニーダーザクセン歩兵第五十一連隊長として普墺《ふおう》戦争に従軍）の家に寄宿して、帰国するまでこの人物のもとで「軍事学」と「軍事教育学」を研究したと、『自伝』では述べられている。ドイツ語を一年間初歩から学んだ直後であるから、そこでの「軍事学」などの勉学にはおのずから限界があったと考えられる。

いずれにしても、ドイツで桂は具体的になにを学んだかは、桂自身がドイツで記した史料が残っていないようなので、具体的かつ正確に知りえない。それならば、同時期にベルリンに留学していた青木や佐藤の陳述から、桂が当時のプロイセン・ドイツ、とくにその軍制をどのようにみたかを、そこからなにを学んだかを、探るほかはないであろう。

桂はベルリンに到着した直後に佐藤を訪れた際に、ベルリン大学の解剖室を見学することを勧められ、後日、佐藤の案内で実際の解剖を参観した。そのあとに桂は佐藤にあったときに、「さすがにドイツだ、学問はこのように解剖的で、実際的でなければならぬ、自分も学科は違うが、軍事学をこのように、解剖的、分類的、実際的にしたい」と感想を語ったが、佐藤のみるところによれば、後年、桂は政治上にも、すべて実際的に行ったのである。

『青木周蔵自伝』によれば、一八七〇年晩春に視察のためにベルリンを訪れた山県有朋《やまがたありとも》▲をともなって、青木はプロイセン外務省次官兼局長を訪れた。プロイセンのこの官吏《かんり》は、同国の軍制につき大略以下のように語った。プロイセンの「国民兵役《へいえき》の義務」は、「自治の制度」にともなって発生するものである。いいかえれば、全国各区域の人民は自己負担で「公共事務を自治し」、かつ「その区域の行政を掌る権利と義務」を有するとともに、いざというときにはみずから敵国と戦って、義務をつくす。これが「国民皆兵《かいへい》制度」の由来となる「根本的主義」である。

また、軍隊も「自治の主義」をとり、戦時には命令のもとに機械のように敏活に行動するが、平時《へいじ》には「自隊の事務」は自隊で「自治する制度」となっている。しかし、自治が許される反面、監督は厳に行われているので平時にはいかなる大部隊といえども命令者は意のままに動かしえる。それゆえに、平時には兵卒《へいそつ》

山県有朋

▼山県有朋　一八三八〜一九二二。長州藩出身の陸軍軍人、政治家。松下村塾《しょうかそんじゅく》に学び、奇兵隊《きへいたい》に加わり活躍した。維新後は陸軍卿、参議、内務卿、参謀本部長を歴任した。さらに内相となったのち、一八八九〜九一(明治二十二〜二十四)年間、一八九八〜一九〇〇(同三十一〜三十三)年間、首相をつとめた。元老の第一人者。

も将校《しょうこう》も「戦術戦略」を学ぶのみならず、「命令に服する規律」でもって訓練されるのが、プロイセンの「軍制の本旨《ほんし》」である。

山県はそのような詳細な講話に非常に感動し、その後何回もプロイセンの練《れん》兵《ぺい》などを実際にみて、訓練が周到で隙のないようすに感嘆し、日本でも「国民兵役」を実行すべきとの確信をえた。山県と青木は「国民兵役」の実施について熱心に討論し、山県はそれを必ずなしとげると誓って、帰国したのであった。これが後年の徴兵令《ちょうへいれい》▲の制度発布の起源であると、『青木周蔵自伝』では述べられている。この青木の自伝はのちに叙述されたものであることからも、すべてがそのまま信じられない。だが、後段でふれるように、桂が帰国して陸軍にはいって山県と再会したときに、桂は導入された徴兵制度に全面的に賛意を表明したことから、桂もドイツ滞在中に基本的には同じ認識に達していたといえよう。

帰国およびその直後

桂は賞典禄《しょうてんろく》▲二五〇石(現米にすると六二石五斗《と》)を藩に返還し、その分を支給してもらう形で留学していたが、本来、留学費としては十分ではないうえに、米

▼**徴兵令**　国民の兵役義務を定めた一八七三(明治六)年の太政官布告。二〇歳の男子は徴兵検査ののちに三年の軍役に服し、その後も戦時召集を受けることになった。

▼**賞典禄**　明治初めに維新の功労者にあたえられた禄米《ろくまい》。一八七六(明治九)年の金禄公債《きんろくこうさい》発行によって廃止。

価の下落によりそれは目減りしたと推測される。しかも、明治初期に政府が大量の紙幣を発行したことから円の価値は下落した。そのうえに、普仏戦争の結果、ドイツ側には多額の賠償金が流入し、経済活動が盛んになって、ドイツでは物価の急激な上昇を招いた。また、こうした時期に米欧諸国に派遣された岩《いわ》倉《くら》使《し》節《せつ》団《だん》が一八七三(明治六)年三月九日にベルリンに到着し、同地で副使の木《き》戸《ど》孝允《たかよし》▲と桂はたびたび行動をともにしている。

同使節団の伊藤博文《いとうひろぶみ》▲は諸藩が派遣した留学生を整理して、明治政府の財政負担を軽減することを行っていた。桂は留学継続の約束を取りつけたが、なんらかの手違いでそれができなくなった。そうしたことから、桂は留学を切り上げて、フランス経由で一八七三年に帰国している。『木戸孝允日記』によれば、一八七三年十月十五日の件に「桂太郎・静間謙介《しずまけんすけ》がプロイセンより帰朝して来訪した」とあり、同年十月十八日付の『ジャパン・ウィークリー・メール』紙によれば、同月十二日に横浜に入港したフランス汽船ヴォルガ号の乗客名簿にある〈Katzro〉が桂と考えられ、したがって桂はほぼ三年ぶりに同月十二日に帰国したことになる。

▼**木戸孝允**　一八三三～七七。長州藩出身の政治家。同藩の尊《そん》攘《じょう》派の代表となり、一八六六(慶応二)年に薩長連合《さっちょうれんごう》の密約を結び、討幕《とうばく》に尽力した。維新後は参与《さんよ》となり、一八七〇(明治三)年に参議になり、版籍奉還《はんせきほうかん》や廃藩置県《はいはんちけん》を進め、征韓論《せいかんろん》に反対し内地論《ないちろん》に立った。

▼**伊藤博文**　一八四一～一九〇九。長州藩出身の政治家。吉田松陰《しょういん》に師事。イギリス留学後に開国《かいこく》派となる。維新後は大久保利通のもとで活躍。その死後、政府の中心となる。一八八五(明治十八)年に初代の首相となったあとも、三度にわたり首相となる。憲法の制定にも貢献し、一九〇〇(明治三十三)年には立憲政友会《せいゆうかい》を結成し政党政治確立にも尽力。晩年は元老《げんろう》として重きをなす。

木戸孝允

伊藤博文

▼佐賀の乱　一八七四(明治七)年二月に佐賀県で発生した士族《しぞく》の反乱。征韓論で下野して帰郷した元参議江藤新平《えとうしんぺい》(一八三四〜七四)が首領《しゅりょう》に推されて起こった。翌三月に鎮圧《ちんあつ》され、江藤は梟首《きょうしゅ》に処せられた。

帰国後、しばらく木戸邸に寄宿することになった桂は、木戸の後押しもあり、翌一八七四(明治七)年に陸軍に奉職することになり、一月十三日に陸軍歩兵大《たい》尉《い》に任命された。任官当日に、桂は陸軍卿《きょう》の山県有朋を訪問したときに、前年に発布された徴兵令を将来の陸軍のためには歓迎すべきことと述べ、徴兵制の導入について周囲から反対されていた山県はこれにおおいに喜び、このときから軍制において両者は一致したと、桂は『自伝』で述べている。

軍制上での普仏戦争の歴史的意義は、代理制を認めない一般徴兵制度に立脚したプロイセン軍が、代理制による職業的兵士に依拠した兵制になっていたフランス軍を撃破した点にあるといえよう。桂の徴兵令発布への賛意はこうした歴史的意義をドイツ留学中に認識していたことに裏打ちされていたのであろうし、それは前述のドイツでの山県の認識と基本的には一致していたのであろう。

しかし、注目すべき点は、官職に就いてふたたび海外に渡航し、留学するのに便利な仕官であるというくらいの動機なので、長く本国にとどまって勤務する心はなく、他日を期して志をとげる覚悟で、できるかぎりすみやかに海外に渡航し、前に学び残した学業に従事するつもりだったと、桂は『自伝』で述べていることである。つまり、陸軍に奉職して、できるだけ早く再渡独して学業を再開することを、桂は考えていたのであった。

帰国後の桂の動向

一八七一(明治四)年に御親兵《ごしんぺい》が編成されたが、翌年には御親兵は近衛兵《このえへい》と称され、近衛都督《ととく》を陸軍大輔《たいふ》山県が兼任した。また、一八七一年に兵部省《ひょうぶ》の管轄下に東山道《とうさんどう》と西海道《さいかいどう》の二鎮台《ちんだい》が設置されたが、同年に東北・東京・大阪・鎮西《ちんぜい》の四鎮台に改められ、七三(明治六)年一月には名古屋《なごや》・広島にも鎮台がおかれ、六鎮台とされ、また徴兵令が公布された。翌年には佐賀の乱、▲台湾出兵▲などが起こる。また、一八六九(明治二)年におかれた兵部省は、七二(同五)年に廃止され、陸軍省・海軍省となった。一八七四(明治七)年には陸軍省第六局は陸軍省の外局の参謀局となった(同局長は陸軍卿山県が兼任)。

帰国直後に陸軍歩兵大尉となった桂は陸軍省第六局勤務であったが、一八七四年六月十日には陸軍歩兵少佐に昇進し、七月二日に参謀局諜報提理となり、台湾出兵に際しては志願兵に関する繁雑な業務を遂行した。そして、相手国の

▼台湾出兵　一八七四(明治七)年に行われた明治期最初の海外出兵。琉球《りゅうきゅう》漁民の台湾での殺害を理由に派兵された。日清互換《ごかんじょう》条款《かん》の調印でおさまった。

近衛兵(町田曲江画「御練兵」)

軍事を把握する役割を担った公使館付武官《ぶかん》の制度を桂は提案し、陸軍首脳部に根回しして、一八七五(明治八)年三月三十日にドイツ公使館付武官に任命され、五月十五日に横浜を出発し(上海《シャンハイ》向けの神奈川丸の乗客〈Katzru〉が桂と思われる)、『陸軍省大日記』によれば六月二十九日にベルリンに到着した。

駐在武官として再度ドイツへ

この当時、プロイセン陸軍には一三個軍団があったが、桂はドイツ政府に依頼して、ベルリンにある第三軍団(軍団長は騎兵《きへい》大将フォン＝ヴァルテンスレーベン)の軍事監督部において「軍事行政の中央機関」の研究から始めた。そこには経理・軍医・軍法・福音派《ふくいんは》宗務・カトリック宗務のおのおの担当者がいたが、一八六七年以来経理部長の地位にあった現職枢密《すうみつ》軍事顧問官エンゲルハルトは桂の知人であった。『自伝』によれば、桂は軍団の「軍事行政」の中央機関の実際のあり方だけではなくて、軍団の各師団の地方機関の運用を研究したとされていることから、同軍団隷下の第五師団(師団本部はオーデル河畔のフランクフルト市)と第六師団(師団本部はブランデンブルク市)の「監督部」にも赴いて業務を研究

▼**ローレンツ＝フォン＝シュタイン**　一八一四～九〇。オーストリアの公法・政治学者。一八五五年以来、ウィーン大学教授。憲法取調べで渡欧した伊藤博文を通じて憲法制定に影響をあたえた。

したということであろう。

また、桂は陸軍の現場での事務だけではなくて、ベルリンの陸軍省で本省の事務、会計検査院の事務をも研究した。しかも、桂はそのような実務だけではなく、この当時刊行され、評判となっていたローレンツ＝フォン＝シュタイン▲の著作(一八七六年刊の『ドイツの法学および国家学の現在と未来』をさすと思われる)を青木周蔵とともに輪読したり、ベルリン大学でアードルフ＝ヴァーグナー▲教授(その主著は一八七六年刊の『政治経済学の基礎』)の財政学の講義も聴講したりしている。したがって、桂は当時のドイツにおける国家学や財政学の最新の研究成果も精力的に学んでいたのがわかる。つまり、木戸孝允宛の桂の書簡にあるように、軍事制度と軍事行政の両方を彼は取り調べていたのである。

だが、桂のこうした研究の成果が実りつつあった一八七七(明治十)年に西南《せいなん》戦争の報が伝わり、帰国の伺いを立てたところ、陸軍卿山県からは帰国におよばずとの指令が届いた。桂は在独期間を六年と考えていたが、研究が順調に進んでいたので、一八七八(明治十一)年に大久保利通《おおくぼとしみち》▲が暗殺されたのを機に、渡欧中の井上馨《いのうえかおる》▲の勧めもあって帰国を決意し、同年七月十四日にフランスの汽

▼**アードルフ＝ヴァーグナー** 一八三五～一九一七。ドイツの経済学者。一八七〇～一九一七年間、ベルリン大学教授をつとめた。

▼**大久保利通** 一八三〇～七八。薩摩藩出身の政治家。西郷隆盛《さいごうたかもり》と連携して明治維新を実現。明治六年の政変以後は、内務卿兼参議に就任して国政の中心人物となり、近代化政策を実施した。不平士族に暗殺された。

▼**井上馨** 一八三五～一九一五。長州藩出身の政治家。最初は尊攘派であったが、イギリス留学後に開国派となる。維新後、大蔵大輔や参議兼工部卿などを歴任した。一八七九(明治十二)年に参議兼外務卿となり条約改正にあたったが、失敗。その後も農商務相、蔵相をつとめ、元老の一人となった。

船ヴォルガ号（一八七八年七月二十日付の前掲英字新聞に載せられた乗客名簿に〈Katsura〉とある）で横浜に着いている。

帰国後

桂は帰国直後の一八七八（明治十一）年七月三十日には参謀局諜報提理に復し、八月十三日には太政官少書記官《だじょうかんしょうしょきかん》に、九月十二日には第一局法則掛《ほうそくがかり》兼勤を命じられ、『処世訓』で述べているように「手当たり次第、各種の調査」に着手し、改革には「専門の学理」と「実際の運用」を一致させることを根本方針とした。

だが、そうしたなかで同年十二月に参謀局は独立して参謀本部となり、その経緯には未解明のことが多く、桂のそれへの関与も説が分かれている。『自伝』によれば、ドイツで軍事行政について調査してきた桂は、まず「軍事行政を整頓して」、「その残余の事務が純然たる参謀本部の事務」だと考えていた。しかし、そこは柔軟にいくと決心して、「参謀本部御用係」に命じられて同本部の組織に参与し、さらに一八八二（明治十五）年二月六日には陸軍大佐に任ぜられて、参謀本部管西局長に命じられている。

参謀本部

▼**川上操六**　一八四八〜九九。薩摩藩出身の陸軍軍人。大山巌らとの欧米視察からの帰国後、一八八五（明治十八）年に参謀本部次長に就任し、軍制改革につくす。日清戦争の功によって子爵《ししゃく》。その後、一八九八（明治三十一）年に参謀総長、陸軍大将となり、対ロシア戦の準備に従事中、死没した。

おりしも一八九〇(明治二十三)年の国会開設に向けて明治国家の立憲君主制《りっけんくんしゅせい》化の動きが本格化し、一般行政の改革の進行にあわせて陸軍の再構築(たとえば、従来の六鎮台を六師団への改編、予定される師団幹部の学理取得など)が必要となり、桂は陸軍首脳部の欧州派遣・視察を提言した。この視察団は当初の計画を拡充して、陸軍卿大山巌をはじめ一五人となり、桂自身も参加し、同じくこれに加わった川上操六《かわかみそうろく》▲と親交を結ぶ契機になった。

三度目のドイツ訪問

この視察団は一八八四(明治十七)年二月十六日にフランス汽船メンザレエ号▲で横浜を発ち(同日付の前掲英字新聞に載せられた乗客名簿などによる)、翌年一月に帰国するまでにイタリア・フランス・ロシア・オーストリア・ドイツの欧州諸国を歴訪しているが、その主目的地はドイツであったことは、その滞在日数からも明白である。この使節団の果たしたこととしては通常、陸軍大学校教師としてドイツ人の参謀将校採用があげられているが、史料に即するかぎりでは、出発前には確定的ではなかったと推測される。すなわち、同年三月六日付の参

欧州視察団(一八八四年、フランスにて) 前列左から二人目が桂。

▼メンザレエ号　この汽船の名前はフランス語では「マンザレ」となるが、当時の日本人は「メンザレエ」と呼んでいたので本書ではこれによることにする。

謀本部から、前年九月に陸軍士官《しかん》学校・大学校兼務のフランス歩兵大尉雇入れの許可がえられていたが、兼務では差支えがあるので、大学校だけの教師としてドイツ国将校一人を雇い入れたいとされている。したがって、この使節団が出発したあとに、陸軍大学校教師としてドイツの参謀将校採用の件が通達された可能性もある。

いずれにしても、この視察団からプロイセンの陸軍省に参謀将校派遣の要請がなされ、陸軍大臣の陸軍中将フォン゠シェレンドルフはフォン゠デル゠ゴルツ大尉を派遣するつもりであったが、参謀総長の陸軍元帥《げんすい》フォン゠モルトケの鶴の一声で参謀少佐メッケルの派遣が決定された。この視察団は一八八五（明治十八）年一月二十五日にアメリカの汽船シティー・オブ・ニューヨーク号で横浜に帰着した（同月三十一日付の前掲英字新聞に載せられた乗客名簿などによる）。

▼**谷干城**　一八三七〜一九一一。土佐《とさ》藩出身の陸軍軍人、政治家。熊本鎮台《ちんだい》司令官、陸軍士官学校《しかんがっこう》長、学習院《がくしゅういん》院長などを歴任した。一八八五（明治十八）年に農商務《のうしょうむ》相をつとめたのち、参議院議員。

②――陸軍のオルガナイザーとしての桂太郎

陸軍の組織整備

一八八五(明治十八)年に帰国した桂は、五月二十一日に陸軍少将に任ぜられ、陸軍省総務局長に補され参謀本部御用掛《ごようがかり》兼勤を命じられた。そうして陸軍主流派が山県有朋《やまがたありとも》・大山巌《おおやまいわお》・桂太郎・川上操六《かわかみそうろく》で形成されるや、谷干城《たにたてき》▲・曽我祐準《そがすけのり》▲・鳥尾小弥太《とりおこやた》▲・三浦梧楼《みうらごろう》▲の「四将軍」を中心とする反主流派の結束をうながす結果となった。それは単に陸軍部内の主導権をめぐる対立だけではなく、軍備の強化と朝鮮の確保をめざす主流派対軍備の限定と朝鮮の保全を唱える反主流派の対立、すなわち陸軍のあり方と明治国家の方向性をめぐる対立になったことが注目される。そして、それは機動的な外征をめざすドイツ式の軍制を構築するのか、自国防御に主眼をおくフランス式の軍制をとるのかの問題でもあった。

だが、この時期に陸軍次官(一八八六〈明治十九〉年)となった桂が早々と着手したのは陸軍経理の改革であったことは見落されがちだが、ドイツでの駐在武官《ぶかん》

▼**曽我祐準**　一八四三〜一九三五。柳川《やながわ》藩出身の陸軍軍人、政治家。熊本・大阪・仙台の各鎮台司令官、参謀本部次長などを歴任した。一八八九(明治二十二)年以降は東宮大夫《とうぐうたいふ》、宮中顧問官《きゅうちゅうこもんかん》をつとめたのちに、参議院議員。

▼**鳥尾小弥太**　一八四七〜一九〇五。長州《ちょうしゅう》藩出身の陸軍軍人、政治家。軍務局長、大阪鎮台司令官、参謀局長、近衛都督《ととく》などを歴任した。一八八八(明治二十一)年に枢密《すうみつ》顧問官になったのちに、参議院議員。

▼**三浦梧楼**　一八四六〜一九二六。長州藩出身の陸軍軍人、政治家。東京・広島・熊本の各鎮台司令官を歴任した。一八八八(明治二十一)年に学習院院長になったのちに、参議院議員。一八九五(明治二十八)年に朝鮮国駐在公使、一九一〇(同四十三)年に枢密顧問官になった。

時代の「軍事行政」研究の成果であろう。そのような状況下で、一八八五年三月に来日したメッケルは陸軍大学校の教官として実践的戦術を講じただけではなくて、日本陸軍の現実的スタンスについての諮問に適宜応じていく。翌一八八六年三月に児玉源太郎《こだまげんたろう》▲が臨時陸軍制度審査委員長となって、軍団司令部としての監軍部《かんぐん》の廃止と教育統括機関としての新監軍部の設置と古参順による武官の進級の方針を打ち出すと、「四将軍」を中心とする反主流派が反発して、いわゆる「陸軍紛議」が生じた。

これは伊藤博文《いとうひろぶみ》の調停により将来新監軍部の設置、古参順による武官の進級となり、同年八月から九月にかけて反主流派の将軍は左遷された。かくして、陸軍省の官制の改革（一八八六年）、新監軍部条令の公布（一八八七〈明治二十〉年）、師団《しだん》司令部条令などの制定（一八八八〈明治二十一〉年）、参謀本部条令の制定（一八八九〈明治二十二〉年）、徴兵《ちょうへい》事務条令の改正（同年）などが矢継ぎ早に実施され、明治国家の法制度的整備に軌を一にして陸軍の組織整備が敢行された。また、そうしたなかで「四将軍」を中心にした反主流派の温床と化していた「月曜会《げつようかい》」▲は一八八九年二月には解散させられた。

児玉源太郎

▼**児玉源太郎**　一八五二〜一九〇六。徳山《とくやま》藩出身の陸軍軍人。陸軍大学校長、陸軍次官兼陸軍省軍務局長、台湾総督、陸相、内務相、文部相を歴任して敏腕をふるう。さらに一九〇三（明治三十六）年には参謀本部次長となり、日露《にちろ》戦争では満州軍《まんしゅうぐん》総参謀長として活躍し、戦後の〇六（同三十九）年に参謀総長に就任した。

▼**月曜会**　一八八一（明治十四）年に結成された陸軍軍人の軍事研究会。反山県の「四将軍」が同会顧問であったこともあり、問題視されて解散となった。

このようにして、メッケル雇用は結果的には日本陸軍がたとえば、師団編成、参謀本部制、教育制度、一般徴兵令において、大局的にはドイツ式に傾く契機となったのはいなめない。だが、『処世訓《しょせいくん》』によれば、この当時の軍事教育の変革は「ドイツでもフランスでもなくて、日本を基礎にしてドイツ式を加味した制度を創設する」ことをめざし、教育を統括すべき独立機関として「監軍部」(のちの教育総監部)の新設を果たしたのであり、この点は見逃すことはできない。

転機

一八八九(明治二十二)年に「大日本帝国憲法《だいにっぽんていこくけんぽう》」が発布され、翌年には第一回帝国議会が開催されたが、衆議院で多数を占める民党《みんとう》と政府は激しく対立をしていった。一八九二(明治二十五)年の第二次伊藤博文内閣時代にようやく安定した国会運営がなされた。こうしたなかで一八九〇(明治二十三)年三月二十七日に桂はみずから組織改編した陸軍省で初代の軍務局長にもなり、六月七日に陸軍中将に累進した。

だが、一八九一(明治二十四)年の内閣交替を機に陸軍次官を辞し、六月一日に第三師団長として名古屋《なごや》に赴任した。『自伝』によれば、大山にかわって陸軍大臣となった高島鞆之助《たかしまとものすけ》▲との関係からの次官辞任、第三師団長就任ではなくて、「自ら採用し創出したるもの」を、「被命令者の位置に立ち、直接実行者となって応用する」ことが肝要であると、桂が判断したからである。

この時期の桂で注目すべきは、まず一八九一年の濃尾《のうび》大地震▲に際しての迅速な対応である。師団条令によれば、地方の騒乱や事変《じへん》の場合、地方官庁の要求によってのみ師団長は兵をだすことができるとされていた。師団条令に規定のない非常災害の場合は天皇に直隷する師団長は自己の責任で「地方鎮護《ちんご》」を果たすべきだと、桂は判断した。彼は兵をだして救援活動などを機動的に行い、また予定されていた演習もそのまま実施した。その直後、桂は上京し報告をして進退伺いをだしたが、これは却下され、天皇から時宜をえた処置と認められた。

次に注目すべきは、日清《にっしん》戦争に桂は第三師団長として出征したことである。実戦経験なしに軍政畑で累進してきた桂としては、この戦争で前線に立って武勲をあげることは軍人として必要なだけではなく、近代的軍隊構築に腐心してきた陸軍の動きを戦場で検証しなければならないことでもあった。

▼**高島鞆之助**　一八四四〜一九一六。薩摩《さつま》藩出身の陸軍軍人、政治家。大阪鎮台司令官などを歴任した。一八九一(明治二十四)年陸相、九六(同二十九)年拓殖務相・陸相になったのち、九九(同三十二)年には枢密顧問官。

▼**濃尾大地震**　一八九一(明治二十四)年十月二十八日に起こったマグニチュード八・〇の地震。岐阜・愛知県は大きな損害を受け、死者は七二七三人にもおよんだ。

日清両国の交戦必至となると、桂は当時の参謀本部次長の川上操六に強く働きかけ、その甲斐もあってか、山県を軍司令官とする第一軍に第五師団とともに第三師団も属して、一八九四(明治二十七)年九月に出征することになった。同月十二日に仁川《じんせん》に山県軍司令官とともに上陸した第三師団は翌十三日には漢城《かんじょう》にはいり、平壌《へいじょう》に向かうが、第五師団長の野津道貫《のづみちつら》▲の抜駆けによって平壌は落されてしまった。そのことは桂に第五師団への対抗意識をうえつけることになった。

鴨緑江《おうりょくこう》を渡河したあとに第三師団は第五師団の右から北上すべく命じられたが、それでは予定されていた北京《ペキン》への進撃に第三師団が先陣を切ることができなくなると判断した桂は、混乱に乗じて命令を事実上無視して安東《あんとう》県に進軍した。その後、中国東北部の厳しい冬を迎え、参謀本部は拠点防御を命じてきたが、北京進撃のための遼東《りょうとう》半島における戦略上の拠点の海城《かいじょう》の攻略を桂は山県に進言して、これを敢行した。第三師団は海城を占領したが、圧倒的多数の清軍に包囲されて難戦するなかで一八九五(明治二十八)年を迎えた。ようやく二月の末に第一軍がこの方面で反転攻勢にでたので、第三師団は包囲を脱して

濃尾大地震により崩壊した名古屋の紡績工場

▼**野津道貫**　一八四一〜一九〇八。薩摩藩出身の陸軍軍人。東京・広島鎮台司令官をへて、日清戦争では第五師団長、さらに第一軍司令官をつとめた。その後、東部都督、教育総監などを歴任し、日露戦争では第四軍司令官をつとめた。一九〇六(明治三十九)年に陸軍元帥《げんすい》。

進軍できた。それから第一軍は海城の西の牛荘《ウーチャン》城を攻め、激しい市街戦ののちにここを制圧した。

他方、遼東半島南部に上陸して金州《きんしゅう》および旅順《りょじゅん》を制圧した第二軍は、遼東半島の西北部の営口《えいこう》を攻めたので、清軍はその背後の田荘台《でんしょうだい》に後退したので、第三師団が中央、右翼に第五師団、左翼に第二軍の第一師団という形で日清戦争中最大の戦闘が展開され、第三師団が田荘台に一番乗りして勝利した。

日清戦争では日本は決定的勝利をえることができないものの優勢のなかで、下関《しものせき》条約▲を一八九五年四月十七日に結んで、賠償金二億両《テール》、遼東半島と台湾および澎湖《ほうこ》諸島をえた。だが、露・独・仏の三国干渉《さんごくかんしょう》▲によって遼東半島は返還された。桂はこの戦争でやる気にはやり、やや強引な作戦を展開したものの勝利をえて実戦指揮者としての力量を示そうとしただけではなくて、近代化された日本陸軍の「文明国の軍隊」としてのあり方を現場で確認したといえよう。

日清戦争後

凱旋直後、桂は一八九五(明治二十八)年八月二十日に子爵《ししゃく》に叙せられたが、

▼**下関条約**　日本側全権の伊藤博文・陸奥宗光《むつむねみつ》と清国側全権の李鴻章《こうしょう》・李経芳《けいほう》との間で、一八九五(明治二十八)年四月十七日に締結された日清講和《こうわ》条約。

▼**三国干渉**　下関条約締結直後に露・独・仏が日本の遼東半島領有は朝鮮の独立をあやうくするとして同半島返還を勧告し、日本は五月五日に勧告を受諾した。対露報復の機運(「臥薪嘗胆」)が起こる。

▼**台湾総督**　一八九五～一九四五年の間の台湾統治官庁の最高行政官。その間に、一九人が任命された。

松方正義

大病をわずらい、それが十分癒えないなかで九六(同二十九)年六月二日に台湾総督《そうとく》▲に任命され、行政手腕をふるおうとした。日清戦争直後のこの時期には政府と民党は歩みよりを示すが、一八九六年に伊藤(第二次伊藤内閣)にかわって首相の大命《たいめい》を受けた松方正義《まつかたまさよし》▲(第二次松方内閣)が、山県の要請を受けて桂を陸相に就けることにし、桂もこれを受け入れた。しかし、拓殖《たくしょく》務《む》相の高島鞆之助が強引に陸相を兼任することを主張したので、桂の陸相就任は実現せず、桂は台湾総督を辞任して、同年十月十四日に東京湾防御総督に就任した。

だが、戦後財政の立直しのための地租《ちそ》増徴法《ぞうちょうほう》▲の成立に失敗した第二次松方内閣は一八九七(明治三十)年十二月に総辞職し、九八(同三十一)年一月十二日に成立した第三次伊藤内閣では桂は陸相として入閣を果たし、同年九月二十八日に陸軍大将に任ぜられた。前内閣同様に地租増徴を実現しようとした伊藤内閣は、進歩《しんぽ》党・自由党の協力がえられず、これを果たせなかったので、早くも同年六月に総辞職した。

それを受けて成立した第一次大隈重信《おおくましげのぶ》▲内閣(憲政《けんせい》党のいわゆる隈板《わいはん》内閣)でも、明治天皇の勅命《ちょくめい》で陸相・海相は留任となり、桂は引き続き陸相をつとめた。こ

▼**松方正義**　一八三五〜一九二四。薩摩藩出身の政治家。一八八一〜九二(明治十四〜二十五)年の間、大蔵卿《きょう》・蔵相として金融・財政政策に腕をふるう。さらに、一八九一〜九二(明治二十四〜二十五)年、九六〜九八(同二十九〜三十一)年に首相となる。その後、内《ない》大臣・元老《げんろう》。

▼**地租増徴法**　安定した財源確保のための地租引上げの法。一八九八(明治三十一)年に憲政党の意見を容れ、五年間に限り〇・八%の引上げが国会で可決。

▼**大隈重信**　一八三八〜一九二二。肥前《ひぜん》佐賀藩出身の政治家。参《さん》与《よ》、参議《さんぎ》、大蔵卿などを歴任したが、一八八一(明治十四)年に下野した。翌年立憲改進党《かいしんとう》を結成し、一八九八(明治三十一)年に首相となる。一九一四(大正三)年にも首相となった。

の最初の政党内閣である大隈重信内閣はわずか数カ月で総辞職するが、今回も陸相・海相は留任となったために、その次の第二次山県有朋内閣（一八九八年十一月成立）でも桂は陸相をつとめた。

山県内閣は憲政党の要求を受け入れ、地租増徴法案を成立させた。しかし、その後、山県内閣は憲政党との関係が悪くなり、議会運営がうまくいかなくなる。一九〇〇（明治三十三）年九月に伊藤が立憲政友会《りっけんせいゆうかい》を結成したことで、山県内閣はいっそう追い込まれ、義和団事変《ぎわだんじへん》▲に一定の解決を果たしたとして、同年九月に総辞職し、第四次伊藤内閣が成立した。

だが、この内閣は逓信相《ていしんしょう》星亨《ほしとおる》▲が東京市政の汚職事件で辞職したことで躓《つまず》き、義和団事変に要する戦費を増税で集めようとしたが失敗し、閣内不一致が顕著となって、一九〇一（明治三十四）年五月に総辞職した。この第四次伊藤内閣でも桂は陸相の職にとどまっていたが、途中で体調不良を理由にしてそれを児玉源太郎に譲った。

一八九五年の三国干渉後、よく知られるように「臥薪嘗胆《がしんしょうたん》」の標語のもとに対ロシア戦を意識して軍備増強がはかられ、海軍は戦艦六隻・装甲《そうこう》巡洋艦六隻

大隈重信

▼**義和団事変**　白蓮教《びゃくれんきょう》系の信仰を奉じる義和団を中心にした外国人排斥運動に、清政府が同調して列強に宣戦布告し、展開した戦争。

▼**星亨**　一八五〇～一九〇一。政党政治家。一八七四（明治七）年に横浜《よこはま》税関長をつとめ、その後渡英した。帰国後は代言人《だいげんにん》となる。一八八二（明治十五）年に自由党に入党し、頭角をあらわす。一八九二年の総選挙に当選して議長となる。一九〇〇（明治三十三）年に立憲政友会に入党して逓信相になるも辞職。

を中心にした艦隊の実現をめざし、陸軍は従来の六師団(近衛《このえ》師団を加算すれば七師団)を一三師団に倍増することを計画した(陸軍の場合、予定よりも早く、一九〇三〈明治三十六〉年に実現された)。そのため一八九五年度から一九〇一年度までの国家予算中に軍事予算が占める割合は、平均して四八・六七%(もっとも高い一八九五年度では六五・六%、もっとも低い一九〇一年度でも四〇・一%)にもなったが、陸相としての桂が陸軍の軍事予算の確保に議会において縦横の活躍をし、陸軍の大幅増強を実現していった。

桂が歴代の内閣で陸相の職を継続していた時期にあたる十九世紀末には、列強による中国分割は激化し、ドイツが一八九八年に膠州《こうしゅう》湾を、ロシアは遼東半島南部を、フランスは広州《こうしゅう》湾を租借《そしゃく》し、その結果、イギリスも従来の勢力範囲不設定の政策を転換して九龍《きゅうりゅう》半島と威海衛《いかいえい》を租借した。

このような列強の中国侵略は義和団の蜂起を誘発し、一九〇〇年に清政府がこれに同調して列強に宣戦布告し、義和団事変になった。陸相としてこの事変に対処した桂が考えたことは、『自伝』によれば、以下のとおりであった。

まず、クリミア戦争▲においてイタリア統一をめざすサルデーニャが連合軍に

▼クリミア戦争　一八五三〜五六。トルコ・イギリス・フランス・サルデーニャ対ロシアの間で戦われ、後者が敗北した。十九世紀中ごろのヨーロッパ国際政治史の大きな転換点となった。

義和団事変における連合国軍の兵士たち

加わって強国としての基礎を築いた歴史的事例に則して、日本も覇権を握ることよりもこれを握る端緒とみなして、「列強の伴侶」として加わること、そのための「保険料を支払う」べきことであった。そのためには最初は保険料支払いとして少数の兵力をだして「列強の伴侶」という位置にあることが外交上の得策であるとしている。列国は本国や清国付近の属地から事変鎮圧のために大兵を派遣することは困難なので、やがて日本に兵を借りざるをえなくなる。したがって、最初に派遣した「福島支隊」はあくまで保険料支払いにすぎず、その後の一個師団派遣は日本が鎮圧の任をおうことになるので、さらに二個師団派遣の準備もしておくべきであり、保険料支払いが転じて「大株主」の地位に立つ覚悟で第五師団をその後に派遣した。

だが、陸相としては陸軍派遣にあくまで慎重にならざるをえないのであり、その理由としては軍事、そしてその後の外交に首位を占めて進むことは困難だからである。それは日清戦争において軍事的には全戦全勝であったが、三国干渉によって遼東半島返還になったからである。ゆえに、この事変で列国が鎮圧困難に陥ったあとに、はじめて一個師団を派遣すべきである。

▼クラウゼヴィッツ　一七八〇〜一八三一。プロイセンの陸軍軍人。ナポレオン戦争に従軍したのち、プロイセンの陸軍士官学校長などをつとめた。近代戦の本質を明らかにした『戦争論』の著者としてよく知られる。

クラウゼヴィッツ

また、桂はこの事変で戦いに勝って外交でえたものを失うことを深く警戒して、平定後はできるだけすみやかに大部分の兵を撤収して「保険料支払い」にとどめ、列強の伴侶たるにとどまり将来に向けて着実な地歩を築くことが肝要として、三分の一を残し三分の二を撤収することを主張したが、結果的には二分の一を残し二分の一を撤収することとなった。

以上から、桂は義和団事変に際してクリミア戦争に関する国際政治史的知識を踏まえて日本の派兵の意義を判断し、戦争はほかの手段でもってする政治の継続であるとするクラウゼヴィッツ▲の『戦争論』の命題にも通じる思考で対処したということであり、それは桂がめざす「学理」と「実際」の結合でもあった。

小村寿太郎

山本権兵衛

▼小村寿太郎　一八五五〜一九一一。日向国《ひゅうがのくに》飫肥《おび》の出身。外交官。駐朝・駐米・駐露・駐清公使などを歴任ののちに、一九〇一（明治三十四）年には外相に就任した。日英同盟締結・ポーツマス条約締結・韓国併合などをなした。

③——政治家としての桂太郎

首相就任

一八八〇年代から英仏などのヨーロッパ諸国がアフリカを植民地化《しょくみんち》していくが、植民地化をまぬがれていたオレンジ・トランスヴァール両国の地下資源を求めてイギリスは南アフリカ戦争（一八九九〜一九〇二）を起こしたものの非常に苦戦し、国際的に厳しく批判されて孤立していく。実は、こうした時点で義和《ぎわ》団事変《だんじへん》が起こり、ロシアも事変鎮圧のためにきわめて大きな兵力を派遣し、事変後も満州《まんしゅう》から依然として撤兵せず、すでに一八九六年には清《しん》と秘密条約を結んで日本に備え、勢力を伸ばそうとしていた。ロシアのこうした動きに憂慮した日本は独力での対応に苦しみ、南アフリカ戦争の続行のために余力のないイギリスも独力では対抗しがたく、そこに日英両国が接近していく基本的理由があった。

そのような国際情勢のなかで、すでにふれたように、日本では成立した内閣がいずれも短命に終り、一九〇一（明治三十四）年五月に第四次伊藤博文《いとうひろぶみ》内閣が倒れたのちに、元老《げんろう》の井上馨《いのうえかおる》に大命《たいめい》がくだったものの閣僚選定が難航したこともあって、井上は組閣を諦めざるをえなかった。山県有朋《やまがたありとも》は他の元老に桂を後継の首相に推薦し、当の桂は伊藤に再任の意志がないことを確認するなどの非常に慎重な対応をして、ようやく五月二十九日に大命を受け、「政綱《せいこう》」すなわち政策の基本方針を定めて組閣に着手した。元老の次の世代の内閣である第一次桂内閣は山県系の閣僚が少なく、一般の評価も高くなかった。だが、外相として敏腕の小村寿太郎《こむらじゅたろう》が、海相として海軍の実力者山本権兵衛《やまもとごんべえ》が、陸相として児玉源太郎《こだまげんたろう》(台湾総督《そうとく》と兼任)が入閣した。

六月二日に成立した桂内閣が外政上取り組むべき問題はいうまでもなく満州・朝鮮に関するロシアとの交渉であったが、内政上は議会で多数を占める政党と協議しながら海軍の増強をいかなる財源でもって実現していくかであった。それは紆余曲折《うよきょくせつ》をへて、結果的には地租増徴《ちそぞうちょう》によらないで鉄道建設費の転用によって海軍増強をはかり、鉄道建設は公債《こうさい》によることになった。

日露《にちろ》間ではすでに韓国に関して一八九六(明治二十九)年には山県・ロバノフ協定が、一八九八(同三十一)年には西《にし》・ローゼン協定が結ばれていたが、ロシアは

▼**山本権兵衛**　一八五二〜一九三三。薩摩藩《さつまはん》出身の海軍軍人、政治家。海軍省官房主事・軍務局長を歴任したのち、一八九八〜一九〇六(明治三十一〜三十九)年間は海相をつとめ、海軍の育成につくした。一九一三〜一四(大正二〜三)年、二三〜二四(同十二〜十三)年は首相をつとめた。

▼**山県・ロバノフ協定**　一八九六(明治二十九)年に山県有朋がロシア外相ロバノフと結んだ協定。日露両国による朝鮮の財政改革援助などが取り決められた。

▼**西・ローゼン協定**　一八九八(明治三十一)年に外相西徳二郎《とくじろう》が駐日ロシア公使ローゼンと結んだ協定。韓国の独立および内政不干渉、ロシアの遼東半島南部租借の承認、日本の韓国における経済活動の尊重などが取り決められた。

一九〇〇年に満州の軍事占領の強化をはかるだけではなくて、翌年には韓国の中立化を志向した。

このような情勢のもとで、日本の中枢部の政治家は防衛・外交政策において意見が分かれていた。この点については通常、協商《きょうしょう》締結によって日露間で満州・韓国問題の解決をはかろうとする伊藤と井上に対して日英同盟《にちえいどうめい》締結でロシアの動きをおさえようとする山県と桂という図式で理解されているが、それはいささか単純すぎるといわねばならない。

伊藤と井上に代表される満韓交換論《まんかんこうかんろん》を、桂は最初から否定していた訳ではない。内閣成立直後の井上宛の書簡（一九〇一年八月二十八日付）で、韓国の保護国《ほごこく》化と清の福建省《ふっけんしょう》不割譲《ふかつじょう》のためには、ロシアと結ぶか、ロシアと戦って結ぶか、イギリスと結んでロシアと交渉というなかから目的を達成するのに容易な方法をとるとしているからである。そこにはドイツの鉄血宰相《てっけつさいしょう》ビスマルク▲の政策の顕著な特徴である「択一的政治戦略」に通じるものがあることは非常に興味深い。

一九〇〇年十月にロシアの満州軍事占領という脅威のもとに英独協定が結ばれ、その直後に日本もこの協定に参加したが、その後ドイツはこの協定の適用

▼**ビスマルク**　一八一五～九八。プロイセン、ドイツの政治家。一八六二年にプロイセン首相となり、いわゆる「鉄血政策」によって七一年にドイツ帝国を成立させた。それから一八九〇年までドイツ帝国宰相として国内外の政治に敏腕をふるった。

範囲は揚子江《ようすこう》流域のみで、満州は含まれないとの見解を表明し、日英独協定は実効性を失った。

その反面で、一九〇一年一月にイギリスを訪れたドイツ皇帝ヴィルヘルム二世▲はロシアの満州軍事占領を脅威として英独同盟結成について発言し、その直後に駐英ドイツ大使代理エッカルトシュタインが駐英日本公使林董《はやしただす》▲に日英同盟を勧めてきた。日本がイギリスとの同盟締結に動けば、イギリスがドイツとの同盟交渉に向かい、日英独同盟を締結するであろうという思惑がエッカルトシュタインにあったと考えられている。

だが、イギリスはドイツとの同盟形成によってヨーロッパ大陸での対立や戦争に巻き込まれるのを恐れて乗ってこなかった。また、こうしたエッカルトシュタインの動きはドイツ外務省の意を受けたものではなく、同国外務省はロシアとの対立の顕在化を恐れてイギリスとの同盟締結には向かわなかった。

他方、エッカルトシュタインの動きに関する報告を林公使から受けて、外相加藤高明《かとうたかあき》▲は英独間での条約の交渉の有無確認の訓令を発し、林はイギリス側に打診したが、その後、加藤からなんの沙汰《さた》もなかった。というのも、第四次伊

▼**ヴィルヘルム二世**　一八五九～一九四一。ドイツ皇帝(在位一八八八～一九一八)。ビスマルク退任後、「世界政策」を掲げて、海軍強化・対外進出を強行し国際的対立を醸成する結果を招いた。革命勃発のためにオランダに亡命。

▼**林董**《しもうさ》　一八五〇～一九一三。下総国出身の外交官。一八六六～六八(慶応二～明治元)年の間、イギリスに留学。維新《いしん》後は岩倉使節《いわくらしせつ》団《だん》書記官、外務次官をつとめたのち に、駐英公使として日英同盟締結に貢献。その後は外相、逓信《ていしん》相などを歴任。

▼**加藤高明**　一八六〇～一九二六。尾張《おわり》国出身の外交官、政治家。一九〇〇(明治三十三)年以降、四度にわたり外相をつとめ、第二次大隈《おおくま》内閣時代には対華《たいか》二十一箇条要求を提出した。一九二四～二六(大正十三～昭和元)年間、首相をつとめた。

藤内閣から第一次桂内閣への交替の時期で、しかも加藤は留任を固辞して外相の職から離れたからであった。元老のうち、山県は義和団事変以降のロシアの動きから同国に不信を深めていたこともあってこの同盟を支持したが、伊藤はイギリスとの同盟の実現は無理であり、実現してもそれはロシアとの関係悪化になることを懸念して、満韓交換論による日露協商の締結を志向した。

一九〇一年九月にイギリスから戻り外相に正式に就任した小村寿太郎は、満州進出よりも日英同盟締結による中国やイギリスの海外領土への経済的進出を重視していたので、林公使に訓令を発し、イギリスとの交渉が正式に本格化した。そうしたなかで伊藤は渡米することになり、そこから渡欧して日露協商の交渉のためにロシアに向かうこととした。

その後、林公使とイギリス外相ランズダウンの交渉は続いたが、細部が詰め切れず一時停頓する。そこで、桂と小村は伊藤のロシア訪問を逆手にとり、日露協商締結の動きをちらつかせ、イギリス側に妥協を迫り打開をはかった。他方、ロシアに赴いた伊藤は韓国の保全を盛り込んだ協商案を提示したが、確答がえられないでベルリンにいき、そこでロシア側からの不同意の連絡を受けた。

▼**日英同盟**　当時の『官報』では日英同盟協約とされているが、本書では日英同盟とする。日本とイギリスの韓国・清国での利権の相互承認、締結国の一つが他の一国と交戦の場合は厳正中立を保ち、他の二国と交戦の場合は参戦することとされた。期間は五カ年。第二回は一九〇五(明治三十八)年に結ばれて適用範囲がインドまで拡大され、期間は一〇カ年。第三回は一九一一(明治四十四)年に結ばれ、期間は一〇カ年。

かくして一九〇二(明治三十五)年一月に日英同盟▲が結ばれた。その功により桂は伯爵《はくしゃく》に叙せられた。同年四月にロシアが満州からの撤兵を約した条約を清と結んだことは、日英同盟締結の効果と考えられたが、翌一九〇三年四月にロシアは第二次撤兵を実施しなかったので、桂内閣はその対応を迫られることになった。同月に京都にある山県の別荘「無鄰菴《むりんあん》」で、山県・伊藤・桂・小村が今後の対ロシア政策の基本方針を協議した。

このようにして対ロシア関係が緊張を深めるなかで、桂内閣は軍備増強の財源を地租増徴に求めていくが、立憲政友会《りっけんせいゆうかい》の反対のために、国債発行に政策転換し、世論は急速に対ロシア戦争に傾いていった。一九〇三年八月から翌年一月まで日本側は満韓交換論に立脚した交渉案を再三提示し、ロシア側はこれを認めない対案で応じてきた。また、この間にロシアは予定されていた満州からの第三回撤兵を実施しなかった。そうした背景には、ロシアではヴィッテ▲らの穏健派が力を失って強硬派が勢力を増したこと、ロシアが日本の軍事力に対して過小評価をしていたことがあった。

▼**ヴィッテ**　一八四九〜一九一五。ロシアの政治家。一八九二〜一九〇三年の蔵相をつとめ、シベリア鉄道を整備した。日露戦争後、首相となりロシアの改革を進めたが、一九〇六年には解任された。

無鄰菴洋館(現、京都市左京区)　この建物の二階で協議がなされた。

日露戦争

日本では一九〇四(明治三十七)年二月三日に元老と桂以下の主要閣僚が開戦を内定し、同月四日御前《ごぜん》会議は開戦を正式決定し、翌五日に日本政府はロシア政府に最後通牒《さいごつうちょう》をだし、同月十日に宣戦布告《せんせんふこく》した。すでに、東郷平八郎《とうごうへいはちろう》▲が連合艦隊司令長官に、参謀長には島村速雄《しまむらはやお》▲が任命されていた日本海軍は、同月八日に旅順《りょじゅん》港のロシア海軍に奇襲攻撃をかけ、大きな損害をあたえることができなかったものの、旅順港を封鎖して制海権を保持した。

陸軍では各軍の参謀長には陸軍大学校でメッケルの薫陶《くんとう》を受けた者も任命され、満州軍総司令官大山巌《おおやまいわお》のもとに児玉源太郎(メッケル来日時の陸軍大学校長)が総参謀長として転出した。朝鮮半島西岸に上陸した第一軍は北上して鴨緑《おうりょく》江《こう》岸でロシア軍を破り(五月)、遼東《りょうとう》半島に上陸した第二軍は南山《なんざん》の戦いで大きな損害をだしながらも勝ち(五月)、さらに南下してきたロシア軍を得利寺《とくりじ》の戦いで撃破した(六月)。当初は攻撃の対象になっていなかったが、海軍の要請で攻めた旅順要塞《ようさい》を第三軍は大きな損害をだすのみで、なかなか落すことはできなかった。さらに第一軍と第二軍は、遅れて上陸してきた第四軍とともに、遼《りょう》

▼**東郷平八郎**　一八四七〜一九三四。薩摩藩出身の海軍軍人。一八七一〜七八(明治四〜十一)年にイギリス留学。日清戦争従軍後は、海軍大学校長、佐世保鎮守府《させぼちんじゅふ》・舞鶴《まいづる》鎮守府の各司令長官、常備艦隊司令長官などを歴任した。一九〇三(明治三十六)年連合艦隊司令長官となり、日露戦争に従軍した。戦後は海軍軍令部長となり、一九一三(大正二)年に海軍元帥。

▼**島村速雄**　一八五八〜一九二三。土佐《とさ》藩出身の海軍軍人。日清戦争には常備艦隊参謀として、日露戦争には連合艦隊参謀長、第二艦隊司令長官として従軍した。その後は海軍兵学校《へいがっこう》長、海軍大学校長などを歴任し、一九一四(大正三)年には海軍軍令部長になった。

旅順陥落

日比谷焼打ち事件(『風俗画報』1905年10月10日号)

西園寺公望

陽《よう》でクロパトキン麾下《きか》のロシア軍を包囲殲滅《せんめつ》せんとしたが、果たせなかった(八〜九月)。その後、ロシア軍は沙河《さか》付近で攻勢をかけたが、日本軍防衛線を突破できなかった(十月)。第三軍はその間も旅順を攻めあぐんだが、一九〇五(明治三十八)年一月にようやくこれを陥落させた。そして、三月には第一・二・三・四軍および新編成の鴨緑江軍はメッケルから学んだともいえる分進合撃《ぶんしんごうげき》の戦術でロシア軍を奉天《ほうてん》において包囲殲滅しようとして攻撃しはじめたが、兵力不足などによって結局はロシア軍の撤退を許して、奉天を占領するにとどまった。

この時点ですでに日本側は兵力補充や武器・物資の補給で限界に達し、ロシア側は反政府運動の激化による国内政治の混乱に苦しんでいた。他方、その間に日本海軍は戦艦二隻を失ったが、陸軍の協力もあって、ロシア海軍の太平洋艦隊を撃破したあとに、さらにヨーロッパから廻航されてきたバルチック艦隊を一九〇五年五月の日本海海戦《かいせん》で撃滅した。

日本の和平仲介依頼によってアメリカ大統領セオドア＝ローズヴェルト▲は、満州における日露両国の勢力均衡を望んで和平斡旋を開始し、合衆国のポーツ

▼**セオドア＝ローズヴェルト**
一八五八〜一九一九。第二十六代合衆国大統領(一九〇一〜〇九)。共和党。国内では社会改革を推進したが、対外的には帝国主義政策を展開した。一九〇六年にはノーベル平和賞を受賞した。

マスで日露講和《こうわ》会議が日本の首席全権小村とロシアの首席全権ヴィッテの間で開始された。講和会議は難航したが、日本の韓国支配権承認、日本の旅順と大《だい》連租借《れんそしゃく》権および旅順―長春《ちょうしゅん》間の鉄道権益《けんえき》承認、北緯五〇度以南の樺太《からふと》の日本への割譲などを内容とするポーツマス条約が同年九月五日に締結された。

桂は義和団事変の場合と同様に、日露戦争の場合にも「戦争」とその後の「外交」との継続性を求めていく。桂は同年七月にアメリカのフィリピン統治と日本の韓国保護化を相互に承認するという、いわゆる「桂・タフト協定」を結んだ。八月には桂内閣は第二次日英同盟を締結し、同盟適用地域がインドまで広げられ、日本の韓国保護権がイギリスによって承認された。また、桂内閣は韓国の保護化のための日韓協約を十一月に成立させるとともに、ロシアから引き渡された満州における権益を清国に認めさせる日清条約も十二月に締結した。

だが、国内では厳しい税負担や人的損害にもかかわらず無賠償であったポーツマス条約には大きな不満が高まり、反政府系の政治家主催の講和反対国民大会に集まった民衆は九月五日に日比谷《ひびや》焼打ち事件▲を起こす結果となった。桂内閣は戒厳令《かいげんれい》▲を同年十一月まで布き、治安の回復をはかった。『自伝』に付随する

▼**日比谷焼打ち事件**　対露同志《たいろどうし》会《かい》などがポーツマス条約反対の国民大会を日比谷公園で強行し、終了後に参加民衆が派出所・警察署などを焼打ちし、政府系の新聞社も襲った。

▼**戒厳令**　非常事態の際に一定地域内での治安権限を軍事官庁が掌握することを規定した法令。戒厳令の宣告は、大日本帝国憲法《だいにっぽんていこくけんぽう》第十四条で天皇大権《たいけん》に属するとされた。

「内閣更迭ノ件」と題する文書で、桂は反政府政党と都市民衆の動向に言及し、各政党が「党略上政府に反対して民心を扇動する策」にでると、政府の施策は絶大な障害をこうむると述べ、この事件から桂が受けた衝撃が大だったことがわかる。

桂はかねて立憲政友会の西園寺公望《さいおんじきんもち》▲・原敬《はらたかし》▲らに戦後処理を委ねると約束して協力を要請していた経緯もあって、政権を西園寺に渡し、一九〇六(明治三十九)年一月七日に第一次西園寺内閣が成立し、ここにいわゆる桂園《けいえん》時代が幕開けした。その際に桂は元老にはかることなく、直接に明治天皇に上奏《じょうそう》して西園寺への政権移譲を実現していることは注目に値する。

第一次西園寺内閣は最初順調であったが、陸軍の師団《しだん》増設の抑制などで反感をつのらせた山県の倒閣の企てもあって行き詰まり、一九〇八(明治四十一)年七月四日に同内閣は総辞職し、これにかわって第二次桂内閣が同月十四日に成立した。桂自身が大蔵《おおくら》大臣を兼任し、外相は小村、海相は斎藤実《さいとうまこと》▲であるが、内相は平田東助《ひらたとうすけ》▲、陸相は寺内正毅《てらうちまさたけ》▲(留任)などの山県系の閣僚が多くみられる。

桂が示した政綱の核になるのは、財政・国力・外交に関する三点であった。

▼**西園寺公望**　一八四九〜一九四〇。公家《くげ》出身の政治家。一八七一〜八〇(明治四〜十三)年間、フランス留学。文相、枢密院《すうみついん》議長などを歴任し、一九〇三(明治三十六)年に立憲政友会総裁になり、一九〇六〜〇八(同三十九〜四十一)年間、一一〜一二(同四十四〜大正元)年間、首相をつとめた。その後、元老となった。

▼**原敬**　一八五六〜一九二一。陸奥《むつ》国盛岡《もりおか》出身の政治家。一八八二〜九八(明治十五〜三十一)年間は外交官として活躍したのち、大阪毎日新聞社長に就任。一九〇〇(明治三十三)年に立憲政友会幹事長、逓信相になる。一九一八〜二一(大正七〜十)年間首相をつとめたが、在職中に暗殺された。

▼**斎藤実**　一八五八〜一九三六。陸奥《むつ》国出身の海軍軍人。一八九八(明治三十一)年に海軍次官に就任し、以後海軍の要職を歴任し、一

緊縮財政政策がとられ、増税せずに行財政の「整理」がめざされ、また軍備増強に対し慎重な姿勢がとられた。西園寺の消極的な外交に不満足だった桂は「外交の刷新」をはかる。

一九一〇(明治四十三)年に第二次日露協約が締結され、相互の権益が認められた。翌年には第三次日英同盟が結ばれたが、これはアメリカに配慮しながら、他面ドイツに備えたものになっている。十九世紀末から英独両国が対立しはじめ、二十世紀初頭にはいっそう対立を深めたことは、英仏協商(一九〇四年)・英露協商(一九〇七年)を成立させていく。したがって、イギリスからすれば、第二次日露協約と第三次日英同盟によって対独包囲網が格段に強化されたことになる。

また、満州問題でアメリカと対立するようになった日本からすれば、この方面の権益をロシアと相互承認することが必要であった。そして、第二次日露協約成立の直後、桂内閣は韓国併合《へいごう》を断行した。一九一一(明治四十四)年には日米通商航海条約《つうしょうこうかい》が結ばれ、関税自主権《かんぜいじしゅけん》が回復されたのも、この内閣の成果であった。また、同年四月に、桂は公爵《こうしゃく》に叙せられた。

九〇六～一四(同三十九～大正三)年間は海相を、その後は二期にわたり朝鮮総督《そうとく》をつとめた。一九三二～三四(昭和七～九)年間は首相をつとめた。一九三五(昭和十)年に内大臣になったが、二・二六事件で射殺された。

▼**平田東助**　一八四九～一九二五。米沢《よねざわ》藩出身の政治家。一八七一～七六(明治四～九)年間ドイツ留学。内務省・大蔵省で勤務したのち、法制局長、農商務相《のうしょうむ》、内務相を歴任した。山県系官僚の代表的存在。

▼**寺内正毅**　一八五二～一九一九。長州《ちょうしゅう》藩出身の陸軍軍人。一九〇二～一一(明治三十五～四十四)年間、陸軍大臣をつとめた。一九〇六(明治三十九)年に陸軍大将、一六(大正五)年には元帥となった。一九一六～一八(大正五～七)年間は首相をつとめたが、米《こめ》騒動《そうどう》で辞職した。

だが、その間に起こった大逆事件《たいぎゃくじけん》▲(一九一〇年)、南北朝正閏問題《なんぼくちょうせいじゅんもんだい》▲(一九一一年)は第二次桂内閣を震撼《しんかん》させた。後者(桂は当初楽観視していた)は深刻な政治問題となったが、議会での閣僚問責決議案は否決され、天皇より桂への南朝正統の旨の達しもあって、からくも切りぬけられた。第二次桂内閣は一九一一年八月二十五日に総辞職し、「情意投合」による政権交代がなされ、同月三十日に第二次西園寺内閣が成立した。

一九一一年に起こった中国の辛亥革命《しんがいかくめい》▲のゆくえと第二次西園寺内閣のそれへの対応に桂は憂慮していたが、中国がやや安定したと判断して、翌年七月六日に欧州に向け出発した。『処世訓《しょせいくん》』で、今回の渡欧は「日英同盟、日露協商、日仏協商」などに関係はなく、「老書生」の無目的の気ままな旅行であると、桂はことさらに述べている。だが、この旅行に随伴した若槻礼次郎《わかつきれいじろう》▲によれば、桂の目的はロシア首脳との意見交換、イギリスでの政党についての調査、ドイツでの皇帝との謁見その他であった。

「情意投合」による政権交代や欧州歴訪の目的などから、桂にとっての模範国がドイツからイギリスに移りつつあったとする注目すべき説もあるが、なお実

▼**大逆事件**　明治天皇暗殺容疑で幸徳秋水《こうとくしゅうすい》・管野《かんの》スガなどの二六人の社会主義者・無政府主義者が逮捕され(一九一〇)、そのうち一二人が死刑に処せられた(一九一一)。

▼**南北朝正閏問題**　文部省編纂教科書『尋常《じんじょう》小学日本史』が南北朝併立であると議会で問題とされ、紛糾した。教科書執筆者は処分され、南朝正統に改訂された。

▼**辛亥革命**　一九一一年(同年の干支《えと》が辛亥)に起こった革命。その結果、清朝は打倒され、中華《ちゅうか》民国《みんこく》が建てられた。

▼**若槻礼次郎**　一八六六〜一九四九。出雲《いずも》国出身の政治家。大蔵次官をへて、蔵相、内相を歴任し、二度にわたり(一九二六〜二七、三一)首相をつとめた。

証的に検討する必要があろう。旅立った桂は、ロシアで天皇危篤の報を受けて急遽帰国することになり、その途上で訃報に接した。桂が東京に帰着したのは、一九一二(大正元)年八月十一日であった。帰国した桂に、大正天皇を輔弼《ほひつ》するためとして、内《ない》大臣就任要請がなされた。それは桂を宮中《きゅうちゅう》に封じ込め、政界から遠ざけようとする山県の画策であったとされる。だが、なき明治天皇への忠誠心から、桂はそれを受け入れざるをえなかった。

第三次桂内閣と大正政変

日本が軍事費捻出に苦しみながら陸・海軍を整備して日清・日露戦争を戦いぬいた十九世紀末から二十世紀初頭には、列強もきそって軍備拡張に向かった。とくに海軍は第二次産業革命の技術的成果を受容して急速に展開した。十九世紀末以来イギリス海軍は二国標準政策を保持したが、第二次産業革命が急激に展開したドイツは、とくにヴィルヘルム二世の即位後には主力艦を急速に整備し、英独両国は建艦競争を展開した。日本海軍は整備した戦艦六隻・装甲巡洋《そうこう》艦六隻の艦隊を中心にして日露戦争に勝利したが、終戦時には戦艦四隻・装甲巡洋艦八隻になっていた。

そのようなときに、イギリス海軍は一九〇六年には画期的な戦艦ドレッドノートを、〇八年には画期的な巡洋戦艦インヴィンシブルを就役させたので、世界の在来の戦艦・装甲巡洋艦は旧式化した。日本の場合はとくに深刻で、一九〇五(明治三十八)年以来、建艦中の戦艦は完成を待たずに旧式化した。また、日露戦争のあと、日本との対立を深めていたアメリカは日本を凌駕《りょうが》する海軍力を保持しようとした。

行財政の整理をめざす第二次西園寺内閣ではあったが、一九一三(大正二)年度の予算編成にあたり海軍が強く要請するドレッドノート級戦艦三隻の予算の初年度分は最終的には盛り込まれることになった。陸軍は一九〇七(明治四十)年の「帝国国防方針」により平時《へいじ》二五個師団と決め、その後は拡大をはかってきたが、一二(大正元)年度の予算編成時に陸軍大臣上原勇作《うえはらゆうさく》▲は二個師団増設の予算を強く要求した。だが、内閣はこれを認めず、ここに二個師団増設の件は政治問題化した。結局、上原は一九一二年十二月二日に単独で天皇に辞表を提出し、同月五日に第二次西園寺内閣は総辞職の道を選んだ。たび重なる元老会議

上原勇作

▼上原勇作　一八五六〜一九三三。日向国出身の陸軍軍人。一九一二(大正元)年の陸相単独辞任は結果的には大正政変につながった。その後、陸軍総監《そうかん》、参謀総長を歴任した。

▼犬養毅　一八五五〜一九三二。備中《びっちゅう》国出身の政治家。新聞記者になり民権《みんけん》運動でも活躍。一八九〇(明治二十三)年以降は衆議院議員となり、第一次および第二次護憲運動でも活躍し、一九三一(昭和六)年首相となったが、翌年に五・一五事件で殺害された。

においても後継の首相選出は難航し、ようやく一〇回目の会議で桂が推薦されることに決した。そして、十七日に天皇から時局を考慮し、桂を国政担当の重任に就かせるという「勅語《ちょくご》」をえて、桂は宮中からでて組閣に着手した。桂は行財政の整理をめざし、国防会議を組織して、軍事整備についてはこれに委ねることにし、それを陸軍側に了承させたが、斎藤実は海軍整備が先送りになるとして、入閣を了承しなかった。桂は海軍予算に配慮を示し、天皇から斎藤へ「勅語」をくだしてもらい、斎藤を海相に留任させ、二十一日に第三次桂内閣が成立した。

だが、このような桂内閣を批判する世論がすでに高まっており、十二月十九日に開催された憲政擁護《けんせいようご》連合大会に議員の犬養毅《いぬかいつよし》▲（立憲国民党《こくみんとう》）・尾崎行雄《おざきゆきお》▲（立憲政友会）も参加した。そこでは「閥族《ばつぞく》政治」根絶と「憲政擁護」が決議され、ここに憲政擁護運動が幕開けした。桂は有力な新党を結成し、その基盤のうえに行財政を整理し、軍事増強を一年繰り延ばして憲政擁護運動からの回避をはかろうとしていた。翌一九一三年一月二十日に新党（立憲同志会《どうしかい》）樹立が公表され、二十一日には議会が開催されたが、桂は十五日の停会を実施し、その間に新党

犬養毅（左）と尾崎行雄

▼尾崎行雄　一八五八～一九五四。相模《さがみ》国出身の政治家。一八九〇（明治二十三）年以来二五回衆議院選挙に当選。文相、法相をつとめた。護憲運動、普通選挙《ふつうせんきょ》運動で活躍した。

への参加議員の獲得をはかったが、失敗した。二十四日には憲政擁護第二回大会が開催され、憲政擁護運動が拡大・激化した。二月五日に議会は再開されたが、桂のやり方は玉座《ぎょくざ》を防壁にして勅語を弾丸にして政敵を倒そうとするものだと尾崎行雄は痛撃し、内閣不信任決議案をだした。

だが、その直後、議会は再度五日間の停会とされた。九日に桂の要請で、大正天皇は立憲政友会総裁の西園寺に内閣不信任決議案撤回の勅語をくだした。西園寺や原敬らはこれに従う考えであったが、結局同党は撤回しないことになった。また、同日には憲政擁護第三回大会が開催され、前回に比べて文字どおり桁違いの民衆が参加した。議会が再開される翌十日、数万の民衆が議事堂を取り囲むという騒然たるなかで、桂は議会解散をいったんは考えたが、暴動になることを恐れ、議会をもう一度休会にし、十一日に内閣総辞職を発表した。

このような大正政変《せいへん》の歴史的位置付けをなすのは容易ではない。だが、桂太郎とその時代という視点から、従来看過されてきた、以下のような側面を指摘しておきたい。桂は元老の政治介入を排して、新党を結成することによって議会制民主主義政治の方向性をとるが、その際に立憲政治には異質と感じられる勅語という手段を多用し、その手段ゆえに当時盛り上がった護憲《ごけん》運動によって桂の政治はトータルに否定されたといえよう。

ドイツの社会科学者マックス＝ヴェーバー▲によって、被支配者がその支配に対していだく「正当性」の動機の違いによって伝統的支配・合法的支配・カリスマ的支配の三類型を提唱されたことは、あまりにも有名である。上に述べたような仕方での議会制民主主義を志向する、つまり合法的支配を深化しようとする桂の動機は、再三の「勅語」という伝統的支配の手段によって実現されんとしたゆえに、立憲政友会の合法的支配の観点から理解されず、立憲擁護運動によって合法性への侵犯として否定されたともいえよう。

その後の桂太郎

桂は政権の座からおりた後も政治活動を継続し、一九一三(大正二)年二月二十四日には立憲同志会の代議士総会を催し、綱領・政策を議決して公表した。立憲同志会の安定化への桂の真摯な取組みは、新党結成が政権延命のためだったのではなくて、日本が直面する行財政の問題などの解決のためだったことを

▼**マックス＝ヴェーバー**　一八六四〜一九二〇。ドイツの社会科学者。フライブルク、ハイデルベルク、ミュンヘンの各大学の教授を歴任。社会科学方法論、宗教社会学、支配の社会学などに偉大な業績を残した。

桂の墓碑（東京都世田谷区若林）

示すものであろう。だが、老病の身に鞭《むち》を打っての活動は桂の健康を蝕み、同年四月初めに桂は体調をくずし、六月には葉山《はやま》で静養することになった。同月十六日に長子の桂與一《よいち》が死没したことに桂太郎は大きなショックを受け、その後病状は一進一退を続け十月十日に永眠した。戒名は「長雲院殿忠誉義道清澄大居士《ちょううんいんでんちゅうよぎどうせいちょうだいこじ》」で、東京府世田谷《せたがや》村（現、東京都世田谷区）若林《わかばやし》の松陰《しょういん》神社のかたわらに埋葬された。

④—ドイツ留学までの森林太郎

「豊太郎とエリス」の再会

一八九〇(明治二十三)年に発表された小説「舞姫《まいひめ》」の主人公の太田豊太郎《とよたろう》とエリス＝ワイゲルトは、悲しい恋の結末のあと、一体どうなったのであろうか？ 実は中年期に日本で再会したのである。もちろん、それは一九一〇(明治四十三)年に発表された森鷗外の「普請中《ふしんちゅう》」という別の小説においてである。「舞姫」は、実は非常に精緻に時代設定されており、そこにでてくる年代・歴史上の具体的な出来事(たとえば、一八八八年のヴィルヘルム一世▲とフリードリヒ三世▲の崩御など)から分析すると、八五(明治十八)年から八九(同二十二)年までの留学期間が主要な時代背景となっており、豊太郎の二二歳から二六歳までの物語である。したがって、「普請中」では豊太郎は四七歳ということになるが、渡辺姓を名乗る参事官《さんじかん》として出現し、他方エリスはロシア人の演奏家とくんだ旅芸人として日本を再訪し、二人は普請中の、つまり工事中のホテルのレストランで一緒に食事をとっている。そのときにこの参事官は普請中のそのホテルを意識して、

▼**ヴィルヘルム一世**　一七九七～一八八八。プロイセン国王、ドイツ皇帝(在位一八七一～八八)。政治的能力は乏しかったが、ビスマルクを用いてドイツ帝国成立を果たした。

▼**フリードリヒ三世**　一八三一～八八。ドイツ皇帝。一八八八年に約三カ月病臥したまま在位しただけで、死没した。

森らの集合写真　1872(明治５)年，西周の誘いによる上京途上，父の出身地三《み》田《た》尻《じり》で吉次家の人びとと。右から３人目が鷗外(10歳)。

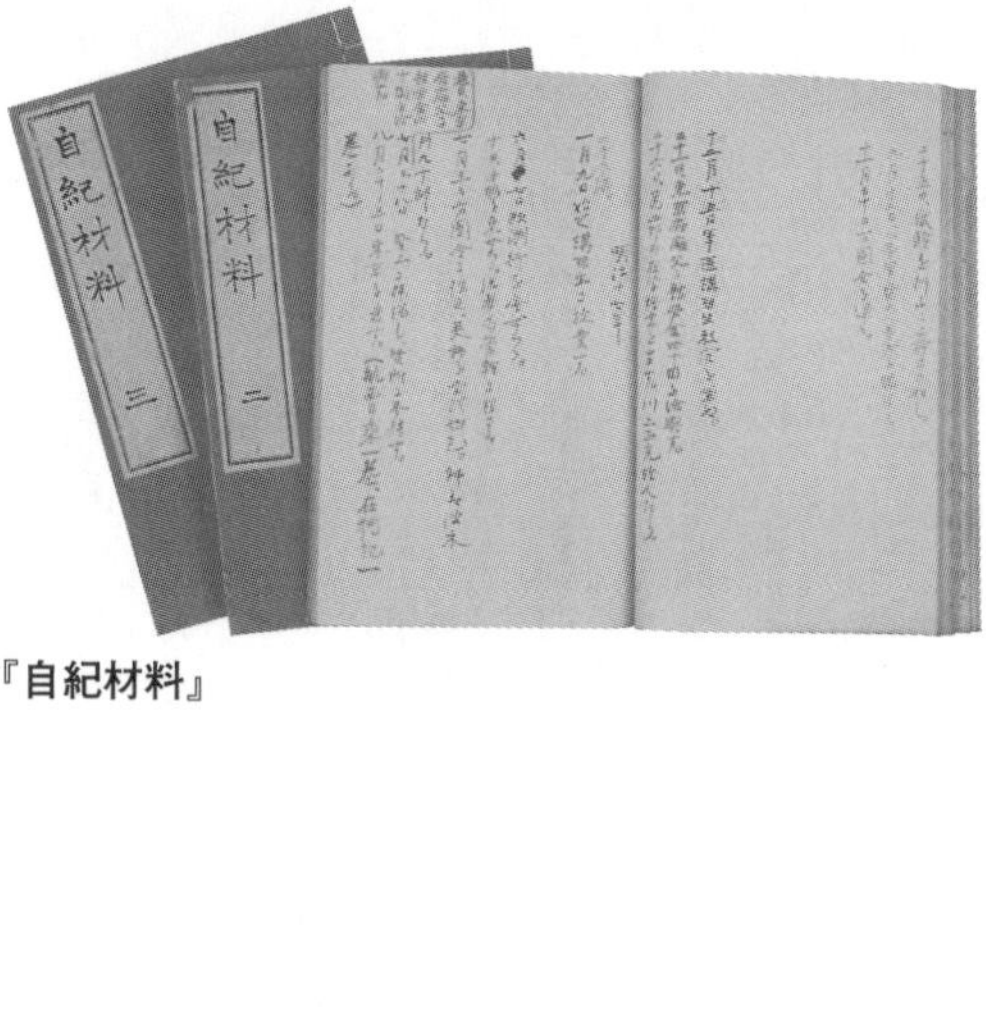

『自紀材料』

日本は普請中なのだという。それはドイツ留学で身につけた知性で、明治末の日本をみた森鷗外すなわち森林太郎の偽らざる感慨だったのであろう。

森林太郎の生い立ち

森林太郎の若年期の経歴については、一九〇七(明治四十)年までの経歴を記した『自紀《じき》材料』(彼の『明治四十一年日記』十一月一日に「自紀資料を整理す」とあり、この時期に執筆か)に通常依拠される。だが、これは依拠した史料が不明であり、しかも後年に書かれたものである以上、全面的には信用することはできないから、慎重に用いることにしたい。また、鷗外にはドイツ留学へ出発する一八八四(明治十七)年八月から一九一七(大正六)年十二月までの(途中に何年か欠けているが)『日記』があり、一八八二(明治十五)年に記された『北游日乗《ほくゆうにちじょう》』や八二年から八三(同十六)年にかけて記された『後北游日乗』、一九一八(大正七)年一月から二二(同十一)年七月までの『委蛇録《いだろく》』もあり、いずれも彼の生涯をたどるうえで重要な史料であるが、自分に都合の悪いことは記述されていない面もある。また、有名な『独逸《ドイツ》日記』は、ドイツ留学中に記していた漢文体の日記『在徳記《ざいとくき》』に

津和野の森の生家

基づいて、のちに書かれたものであるので、なおいっそうの注意が必要である。したがって、これらは他の一次史料によって批判的に検討される必要がある。

『自紀材料』によるかぎり、森林太郎は、一八六二年二月十七日（文久《ぶんきゅう》二年一月十九日）石見国鹿足郡《いわみのくにかのあし》津和野《つわの》横堀《よこぼり》（現、島根県鹿足郡津和野町町田《まちだ》イ二三〇）で津和野藩藩医森静泰《せいたい》（のちに静男《しずお》）の長男として出生した。森林太郎は一八六九（明治二）年には藩校養老館《はんこうようろうかん》にはいり、翌年には父からオランダ語の手ほどきを受けた。廃藩置県《はいはんちけん》もあり、一八七二年七月三十一日（明治五年六月二十六日）に森林太郎は父に帯同されて津和野を発ち東京に移った。彼は東京では父とともに向島《むこうじま》小梅《こうめ》村に住んだが、同年十月ころに親戚でもある西周《にしあまね》の邸（神田小川町《かんだおがわまち》）に止宿し、進文学舎《しんぶんがくしゃ》（本郷元町《ほんごうもとまち》二丁目五七番地）にはいりドイツ語を学びはじめた。

進文学舎は、東京府宛の「私学開業願書」によれば、一八七二年十一月に届けがだされている。一八七三（明治六）年五〜六月現在の東京府「明治六年私立学校明細調」にも進文学舎はでてくる。これらによれば、その当時、東京に存在する四九の私立学校のうちの七校が学科としてドイツ語を掲げ、その一つが進文学舎であり、「校主」は橘機郎、学科は「英語学、独逸語学、皇学、筆学、数学」、教師人数は一二人(外国人二人を含む)、生徒人数は一三三人となっている。外国人教師の一人がアトロフヘルムという二七歳のドイツ人である。しかも、ここで注目すべきは、一六歳以上の生徒は八八人で、六～一五歳の生徒は四五人とされているから、その四五人のうちの一人が森林太郎になるということである。

医学生として

森は就学年齢(一四歳以上一九歳以下)に達しないために一八六〇(万延《まんえん》元)年生まれとして、七四(明治七)年一月に第一大学区医学校《いがくこう》予科に入学した。入学後に父親の森静男が学費貸与や学費免減を請願したことが『自紀材料』に記されていることから、経済的理由によるものと思われる。明治初年の高等教育制度はめまぐるしく変わっている。旧幕府《ばくふ》の医学所《いがくしょ》は一八六八(明治元)年に医学校と、さらに七〇(同三)年には大学東校《とうこう》と改称されたが、同年に「大学東校規則」が制定され、「正則」と「変則」の二コースがおかれ、いずれも「予科」と「本科」からなっていた。一八七一(明治四)年にそれは東校となったが、七二(同五)年の学制《がくせい》公布後、東校は第一大学区医学校となり、七四年五月には東京医学校と改称された。一八七七(明治十)年に、同校は東京大学医学部となった。

そこにおいて森は一八七七・七八(明治十・十一)年の試験の成績は四番であったが、七九(同十二)年には八番に落ちている。その理由は、彼がこのころ文学に熱中していたこと、また漢方医学の学習に時間を割いていたことだとされている。東京大学医学部では一八七四年以来八一(明治十四)年までドイツ人教師エーミール＝シュルツェ▲が教鞭をとっていたが、その授業に森はみずから学んだ漢方医学を持ち込んで、軋轢《あつれき》を生じたりした。そして、森は卒業試験前に病気にかかったこともあり、一八八一年七月東京大学医学部を卒業することができたが、卒業名簿では七番目に名前があった(その後に文部省が発表した卒業席次では八番)。最年少の卒業生であった彼は、留学生として派遣されるのに希望をつないでいたようであるが、同年には医学部の卒業席次第一位・第二位の者と前年の卒業生一人の、合計三人がドイツへ留学を命じられた。

当時、日本では立憲国家《りっけんこっか》としての整備が進められ、陸軍も制度の再構築を急いでおり、陸軍軍医本部も次長の石黒忠悳《いしぐろただのり》▲が中心になって軍医制度の確立のた

石黒忠悳

▼**エーミール＝シュルツェ**　一八四四〜一九二五。ドイツ人医師。一八七四(明治七)年から東京医学校で、七八〜八一(同十一〜十四)年の間は東京大学医学部で教鞭をとった。

▼**石黒忠悳**　一八四五〜一九四一。陸奥《むつ》国出身の陸軍軍医。一八六九(明治二)年に大学東校に奉職。一八七一(明治四)年に陸軍にはいり、陸軍軍医監、軍医本部次長となり、九〇(同二十三)年に陸軍軍医総監、陸軍省医務局長になるも九七(同三十)年には休職となった。

▼**小池正直**　一八五四〜一九一

三。庄内《しょうない》藩出身の陸軍軍医。一八八八(明治二十一)年ドイツ留学。一八九八(明治三十一)年に陸軍軍医監・陸軍省医務局長になる。日《にち》露戦争中は野戦《やせん》衛生長官、満州《まんしゅう》軍兵站《ぐんぺいたん》総軍医部長。一九〇五(明治三十八)年に陸軍軍医総監になるも翌々年に休職となった。

▼高木兼寛　一八四九〜一九二〇。日向《ひゅうが》国生まれ、薩摩《さつま》藩出身の海軍軍医。一八七五〜八〇(明治八〜十三)年間、イギリス留学。一八八四(明治十七)年に海軍軍医本部長、八五(同十八)年に海軍軍医総監になった。

高木兼寛

めに人員確保をはかっていた。陸軍軍医本部は一八八一年の医学部卒業生のうちから七人しか採用することができなかった。そこで、すでに陸軍に採用が決まっていた同期生の小池正直《こいけまさなお》▲の推薦もあり、森は同年十二月十六日に陸軍軍医副《ふく》(その後、陸軍二等軍医に改称)として採用され、東京陸軍病院課僚《かりょう》を命じられた。翌一八八二(明治十五)年に森は軍医本部に転勤し、さらにプロイセン国陸軍衛生制度調査の仕事をあたえられた。そして、『自紀材料』の一八八三(明治十六)年三月二十日の件《くだり》にある「医政全書稿一二巻」の提出とは、プラーガーの大著『軍事衛生制度論』(一八七五年刊)の原書を読破し、これをまとめなおして陸軍に提出したことをさしている。

明治期の軍隊における脚気問題

ビタミンの存在がまだ知られていない明治期の日本では、脚気《かっけ》は原因のわからない非常に恐ろしい病気で、一般社会だけではなくて、陸・海軍においても罹病者は多かった。だが、陸軍と海軍とでは、脚気の原因について意見が異なっていた。イギリス医学の流れをくむ海軍では軍医本部長高木兼寛《たかぎかねひろ》▲が中心となって臨床的方法で食物原因説に傾き、洋食を採用するなどして現実的な成果をえた。

ドイツ医学の影響下にある陸軍の軍医本部はそのような海軍の対処法を非理論的だとして批判し、伝染病説をとっていく。陸軍軍医本部で辣腕をふるっていた石黒忠悳も伝染病説を支持していたが、現実的感覚の豊かであった彼は、白米の陸軍兵食の分析、とくに脚気との因果関係の有無も調査してみようと考えていたようである。こうした状況にあるときに、森は陸軍に軍医として採用されたのは興味深い。

軍医として

森林太郎が陸軍にはいり軍医としてのキャリアを踏み出したとき、林紀《はやしつな》▲が陸軍軍医の最高位の軍医総監であり、軍医本部長の職にあった。ところが、林は一八八二(明治十五)年八月にパリで客死した。そのため同年に軍医の長老である松本順《まつもとじゅん》が返り咲くような形で軍医本部長に就任した。ドイツ留学から戻り、その当時は東京陸軍病院長になっていた橋本綱常《はしもとつなつね》▲が次の軍医本部長に就任する

松本順

▼**林紀**　一八四四〜八二。江戸《えど》出身の陸軍軍医。一八六二〜六八(文久《ぶんきゅう》二〜明治元)年間、オランダ留学。陸軍軍医総監として欧州視察中にパリで客死。

▼**橋本綱常**　一八四五〜一九〇九。越前《えちぜん》藩出身の陸軍軍医。一八七二〜七七(明治五〜十)年間、ドイツ・オーストリアに留学。陸軍軍医総監となった。

橋本綱常

可能性が生じた。それは一八八〇(明治十三)年から軍医本部次長として実務を担当してきた石黒忠悳にとっては受け入れがたいことであった。橋本はベルリンでの留学から帰国しようとしていた一八七七(明治十)年にプロイセン国陸軍衛生制度取調べを命じられ、これに着手した直後に西南《せいなん》戦争勃発のために、それを中断して帰国していた。この取調べは橋本から離れ、林紀によって森に委ねられたということになる。

だが、桂太郎の提言による陸軍首脳部の欧州視察団に橋本が加えられたことは、彼の軍医本部長就任が決定的になったことだけではなくて、「プロイセン国陸軍衛生制度取調」がふたたび彼のもとに戻ったことを意味した。一八八三(明治十六)年三月二十六日に森が橋本に欧州随行を願い出たが、聞き入れられなかったのは、こうした状況下のことであった。ところが、軍医本部は一八八三年十月十二日に「独逸国へ留学生一名」を差しつかわしたいと陸軍省総務局に上申《じょうしん》し、次年度に上申すれば聞き届けられるとの内示を受けていた。軍医本部を牛耳る石黒忠悳はこれに着目し、当時日本の陸・海軍を悩ませていた脚気を解決するために、森をドイツに派遣して「兵食」の研究に従事させるべく、翌一八八四(明治十七)年五月七日に「二等軍医森林太郎独逸国へ留学」が改めて軍医本部から陸軍省総務局に上申された。

六月五日に「二等軍医森林太郎」の「独逸国」へ留学の上申書が陸軍卿《きょう》川村純義《かわむらすみよし》から左大臣有栖川宮熾仁親王《ありすがわのみやたるひとしんのう》宛にだされ、同月六日に「二等軍医森林太郎独逸国留学」仰付けの上奏《じょうそう》が左大臣有栖川宮熾仁親王と参議福岡孝悌《さんぎふくおかたかちか》によってなされ、同日「二等軍医森林太郎」に「独逸国留学」仰せ付けられ、翌七日に「二等軍医森林太郎」の「独逸国留学」仰付けの辞令案がだされている。『陸軍軍医本部日報』の同年六月十一日の件《くだり》によれば、「二等軍医森林太郎」に「六月七日独逸国留学」を仰せ付けられたことが記載されている。森の『自紀材料』に「明治一七年六月七日欧州行を命ぜらる」とあるが、正確には「欧州行」ではなくて「独逸国留学」の仰付けである。

また、従来の研究では、鷗外のドイツ留学の旅費関係については、未解明であったが、その点についての史料をみいだすことができた。同年七月九日に「二等軍医森林太郎独逸国留学」のための横浜《よこはま》からフランスのマルセイユまでの「郵便船減価乗込切符交付」に関する農商務省《のうしょうむ》への照会についての伺いが、陸

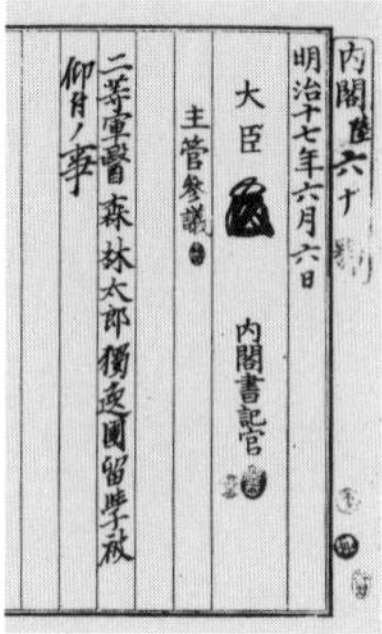

「公文録」(「二等軍医森林太郎独逸国留学」仰付け)

▼**川村純義**　一八三六〜一九〇四。薩摩藩出身の海軍軍人。一八七八(明治十一)年に海軍卿となり、そののちには宮中顧問官《きゅうちゅうこもんかん》、枢密《すうみつ》顧問官などを歴任した。一八八四(明治十七)年半ばから翌年初めまで陸軍卿をつとめた。

▼**有栖川宮熾仁親王**　一八三五〜九五。皇族、軍人、政治家。戊辰《ぼしん》戦争では東征大総督《とうせいだいそうとく》をつとめ、その後元老院《げんろういん》議長をつとめた。西南戦争では征討総督をつとめた。その後、陸軍参謀本部長、参謀総長を歴任。日清戦争では陸・海軍の総参謀長をつとめた。

軍省会計局長から陸軍卿西郷従道《さいごうつぐみち》宛にだされ、翌十日に認められている。したがって、留学のための旅費は現金などではなくて、「郵便船減価乗込切符」があたえられたことがわかる。また、旅券についても、外務省の「海外旅券付与返納人名表」から「一万六千九十九番・森林太郎・二等軍医・留学」ということで、同年「七月十五日」に交付されていることが解明できた。日本陸軍がドイツ式に傾斜しはじめる時期に、かくしてドイツの軍事衛生などの調査を目的にしたドイツ留学を森は命じられたということになる。

ドイツへ

若き森林太郎は新生のドイツ帝国(一八七一年成立)に渡ることになったが、同帝国は非常に複雑な構成であった。ドイツ帝国はプロイセン・バイエルン・ヴェルテンベルク・ザクセンの四王国、バーデンなどの六大公国、ブランシュバイクなどの五公国、リッペなどの七侯国の計二二の君主《くんしゅ》国とハンブルク・ブレーメン・リューベックの三自由都市からなる連邦制であった(さらに帝国直轄州としてのエルザス＝ロートリンゲンも存在した)。

▼**福岡孝悌** 一八三五〜一九一九。土佐《とさ》藩出身の政治家。維新《いしん》直後、明治政府の参与《さんよ》として五箇条の誓文《せいもん》の起草にかかわり、一八八一(明治十四)年に文部卿・参議となり、その後は宮中顧問官、枢密顧問官などを歴任。

成人男性の普通選挙による帝国議会と各構成国政府の代表からなる連邦参議院とがあり、前者の議決は後者の承認が必要であった。帝国のなかで面積や人口においても卓越していたプロイセンが、連邦参議院の全五八票のなかの一七票をもち、自国に都合の悪い議決は拒否できた。また、プロイセン国王が皇帝を世襲《せしゅう》的に兼任し、皇帝は外交上の権限、議会の解散・召集権、官吏の任免権、軍隊の統帥《とうすい》権を保持した。ドイツ帝国陸軍の一八個軍団のうち一三個軍団をプロイセン王国陸軍が構成し、他の五個軍団のうちの四個軍団を他の三王国の陸軍が構成しており、軍事においてもプロイセンの優越性は歴然としていた。

森の『航西日記』によれば、彼は一八八四(明治十七)年八月二十四日九時にフランス汽船メンザレエ号▲で横浜を発った。九人の日本人が留学のために同船しており、『航西日記』によれば「穂積八束《ほづみやつか》▲(行政学)・宮崎道三郎《みやざきみちさぶろう》▲(法律学)・田中正平《たなかしょうへい》▲(物理学)・片山國嘉《かたやまくにか》▲(裁判医学)・丹波敬三《たんばけいぞう》▲(裁判化学)・飯盛挺造《いいもりていぞう》▲(物理学)・隈川宗雄《くまかわむねお》▲(小児科)・萩原三圭《はぎわらさんけい》(普通医学)・長與稱吉《ながよしょうきち》▲(普通医学)」だった。横浜刊行の一八八四年八月三十日付『ジャパン・ウィークリー・メール』紙掲載の「船舶情報」に、同月二十四日に出帆したフランスの汽船メンザレエ号の乗客として〈R.

▼**メンザレエ号**　一九ページ頭注参照。

▼**穂積八束**　一八六〇～一九一二。伊予《いよ》国出身の憲法学者。一八八四～八九(明治十七～二十二)年間、ドイツに留学。帰国後は帝国大学法科大学教授になる。

▼**宮崎道三郎**　一八五五～一九二八。伊勢《いせ》国出身の法学者。一八八四～八八(明治十七～二十一)年間、ドイツ留学。帰国後は帝国大学法科大学教授となった。

▼**田中正平**　一八六二～一九四五。淡路《あわじ》国出身。一八八四～九九(明治十七～三十二)年間、ドイツ留学。鉄道院鉄道試験所所長、田中電気研究所所長などを歴任。世界初の純正調オルガンを発明。

▼**片山國嘉**　一八五五～一九三一。駿河《するが》国出身の法医学者。一八八四～八八(明治十七～二十一)年間、ドイツ留学。帰国後は、帝国大学医科大学教授となった。

Mori〉の名前を発見することができた。のみならず、『航西日記』に記されている九人の日本人の名前もそこにみいだすことができた。したがって、一八八四年八月二十四日に森がドイツ留学のために横浜を発ったという事実確定がなされえた。

彼らは香港・サイゴン・シンガポール・コロンボ・アデン・ポートサイドをへて、十月七日午後二時にマルセイユに到着した。翌八日午後一時に鉄道で彼らのうちの七人が同地を発ち、森は午後六時に発った。九日午前十時に彼はパリに到着し、その晩はオデオン座へ観劇に赴いている。翌十日午後八時に鉄道でパリを発ち、十一日午前七時にケルンに着き、自分が理解できるドイツ語を耳にして快さを感じ、そして午後八時三十分にベルリンに到着した。

彼の『独逸日記』によれば、ベルリン到着の翌日、東京大学医学部の一年先輩で、すでにベルリン留学中の佐藤三吉《さとうさんきち》▲にともなわれて訪独中の軍医監橋本を訪れた。橋本はプロイセン陸軍衛生制度の調査のために大山巌《おおやまいわお》陸軍卿の視察団の一員として参加していたのである。橋本はいう、「政府が君に託したのは、衛生学を習得することとドイツの陸軍衛生部について調べることであるが、制

▼**丹波敬三**　一八五四〜一九二七。摂津《せっつ》国出身の薬学者。一八八四〜八七(明治十七〜二十)年間、ドイツ留学。帰国後は、帝国大学医科大学教授となり、さらに東京薬学専門学校校長になった。

▼**飯盛挺造**　一八五一〜一九一五。肥前《ひぜん》国出身の薬学者。一八八四〜八七(明治十七〜二十)年間、ドイツ留学。帰国後は、第四高等学校教授、東京薬学専門学校教頭などを歴任。

▼**隈川宗雄**　一八五八〜一九一八。陸奥《むつ》国出身の医化学者。一八八四〜九〇(明治十七〜二十三)年間、ドイツ留学。帰国後は、帝国大学医科大学教授となった。

▼**長與稱吉**　一八六六〜一九一〇。肥前国出身の医師。一八八四〜九三(明治十七〜二十六)年間、ドイツ留学。帰国後は病院を開業し、胃腸病研究会会長、日本癌研究会理事長をつとめた。

▼**佐藤三吉**　一八五七〜一九四三。美濃《みの》国出身の医学者。一八八三〜八七(明治十六〜二十)年間、ドイツ留学。帰国後は帝国大学医科大学教授となった。

The Japan Weekly Mail:
A REVIEW OF JAPANESE COMMERCE, POLITICS, LITERATURE, AND ART.

No. 9, Vol. II.]　YOKOHAMA, AUGUST 30th, 1884.　[$24 Per Annum.

DEPARTED.

Per British steamer *Gordon Castle*, for London:—Captain Withers and son and Master Norman Thorp.

Per French steamer *Mensaleh*, for Hongkong:—Miss Suzuki Yoshi, Messrs. William Portley, Richard Foster, S. Nagayo, Kumagawa, K. Taniba, T. Iimori, R. Mori, K. Katayama, S. Tanaka, Y. Hodzumi, M. Miyazaki, S. Hagiwara, Tanabe, Antonio, Florès, Ignatir, Leon, P. Pelaya, L. Mameterre, P. Albero, Y. Hostés, J. Santos, L. Camacon, A. Pelay, B. Temperan, M. Arebero, J. Assir, F. Egima, A. Bonerento, Wong Shin Fat, Book Ahtong, Lai Aka, Che Aynen, Ah Mong, Wong Alook, How Akow, Lung Alook, Quank Afook, Ling Aquen, Chen Ayon, Loo Agin, Mun

DEPARTURES.

Gordon Castle, British steamer, 1,220, J. Rowell, 24th August,—London viâ ports, General.—Adamson, Bell & Co.

Mensaleh, French steamer, 1,382, Benois, 24th August—Hongkong, Mails and General.—Messageries Maritimes Co.

Rose, British schooner, 69, Brassey, 27th August,—Guam, General.—R. Clarke.

Nagoya Maru, Japanese steamer, 1,900, Wilson Walker, 27th August,—Shanghai and ports, Mails and General.—Mitsu Bishi M. S.S. Co.

Suminoye Maru, Japanese steamer, 824, Frahm, 28th August,—Hakodate, Mails and General.—Mitsu Bishi M. S.S. Co.

『ジャパン・ウィークリー・メール』紙掲載の「船舶情報」(1884年８月30日付)

日東十客　前列右より片山國嘉、穂積八束、萩原三圭、隈川宗雄、後列右より丹波敬三、飯盛挺造、田中正平、長與稱吉、森、宮崎道三郎。

度上のことはよいので、衛生学の修得に専念せよ」と。十三日には、橋本に導かれて、大山陸軍卿、そして青木周蔵《あおきしゅうぞう》公使とあった。青木はいった、「衛生学を習得するのはいいが、帰国してそれを実施することは日本の現状ではむずかしい、ヨーロッパ人の思想・生活・礼儀をよく考察すれば留学の業績となる」と。十四日に鷗外は橋本にふたたびあって衛生学習得の順序をたずねると、「まずライプチヒのホフマン、ミュンヘンのペッテンコオフエルに師事し、最後にベルリンのコッホに師事するよう」教えられた。二十二日午後二時三十分に森はベルリンを発ち、午後五時三十五分にライプチヒに着き、萩原三圭の出迎えを受けた。

ライプチヒにて

ライプチヒは中部ドイツのザクセン王国にあり、中世以来の都市で、ドイツの出版業の中心でもあった。森が訪れたころには、ライプチヒは産業都市という性格があり、彼の「ドイツ三部作」のいずれにも舞台として選ばれていない理由もそこにあるのかもしれない。同地の大学は一四〇九年にマイセン辺境伯フ

留学中の森(右)

ライプチヒの森

▼**フランツ＝アードルフ＝ホフマン**　一八四三〜一九二〇。ドイツの衛生学者。一八七八〜一九一三年間、ライプチヒ大学医学部の衛生学教授をつとめた。

▼**飯島魁**　一八六一〜一九二一。遠江《とおとうみ》国出身の動物学者。一八八二〜八五(明治十五〜十八)年間、ドイツ留学。帰国後は帝国大学理科大学教授となった。

リードリヒ四世が創設したもので、ドイツではハイデルベルク大学(一三八六年創設)についで古く、十九世紀末にはドイツ有数の規模であり、しかも医学部がとくに有名であった。

森は到着の翌日にライプチヒ大学教授フランツ＝アードルフ＝ホフマン▲に接見し、同日に動物学研究のためにこの大学に留学中の飯島魁《いいじまいさお》▲と同じ下宿にはいった。到着の翌々日には大学の衛生部にいき、以後の日課となったと『独逸日記』に記しており、精力的に研究に取り組んだことがわかる。その研究の成果は、その後の「日本兵食論」「日本家屋論」という論文として実った。また、ライプチヒ大学の一次史料には「森林太郎」の名前がないことからも、この大学に正式に入学したのではないことは見落してはならない。ライプチヒ留学中の鷗外は、研究生活が軌道に乗っていくと、自由な時間には多くの文学書を購入して(ライプチヒは出版業の中心地であった)、読み耽《ふけ》っていた。『独逸日記』一八八五(明治十八)年八月十三日に、森は自室の書架にはすでに一七〇冊以上の洋書があると記している。

その反面で、森はライプチヒの都市生活ものびのびと満喫している。渡欧する船で親しくなった宮崎道三郎はハイデルベルクに留学していたが、この宮崎を通じて同地に留学中の井上哲次郎《いのうえてつじろう》▲と文通するようになったのも、ライプチヒ留学中のことであった。また、森は一八八五年二月ころから「日本兵食論及日本家屋論の著述」に従事していたが、ザクセン陸軍の冬季軍医学講習に発つ前日にあたる同年十月十日、鷗外は「日本兵食論大意」を上司の石黒に郵送したと、『独逸日記』に記している。それは陸軍の兵食が栄養学的に問題ないとしているだけで、脚気との関連性に直接ふれたものではなかったが、兵食として白米が適正だとする石黒には都合のよいものであったとされている。

ドレスデンにて

ドレスデンはザクセン王国の首都で、北方のヴェネチアと呼ばれたほどの華麗な都市であったが、森がザクセン陸軍冬季軍医学講習のためにここに到着したのは、一八八五(明治十八)年十月十一日午後八時三十分であった。すでに五カ月ほど前に参加願いをベルリンの日本公使館を通じてだしていた森は、十二日に軍医監ヴィルヘルム＝ロート▲をたずね、兵部省《ひょうぶ》・参謀本部にも出頭して到

▼**井上哲次郎**　一八五五〜一九四四。筑前《ちくぜん》国出身の哲学者。一八八四〜九〇(明治十七〜二十三)年間、ドイツ留学。帰国後は帝国大学文科大学教授となった。

▼**ヴィルヘルム＝ロート**　一八三三〜九二。近代軍事衛生学の確立者。一八七〇年にザクセン王国の軍医監となり、九二年までザクセン軍衛生部の最高責任者であった。

エドムント＝ナウマン

▼エドムント＝ナウマン　一八五四〜一九二七。ドイツの地質学者。一八七五〜八五(明治八〜十八)年の間、東京開成学校、東京大学で地質学を講じた。

着簿に記載した。翌日からさっそく講習に参加し、日曜日を除く六日間は朝から夕方まで講義だけではなくて、衛生施設などの幅広い見学にも忙殺されている。この小王国の首都ドレスデンで鷗外は軍事関係施設、監獄、病院、水道施設、工場も見学し、近代国家の文明のありようをコンパクトに体感している点は意味深いものがある。他面において、森は一八八六(明治十九)年の新年には王宮《おうきゅう》に年賀のために参内したり、新年のパーティに参加したり、知人との酒宴に侍《はべ》ったりしている。そうしたなかに、石黒からの手紙が来着し、軍事を学ぶのに時間を費やさないで、衛生学のみに集中せよとあり、それは森が留学に送り出された経緯からすれば当然のことであった。

また、このドレスデン滞在中におおいに注目すべきことは、地学協会における森の活躍である。一八八六年一月二十九日に同協会で森は「日本家屋論」の講演を行っている。三月六日の同協会の「年祭」では、お雇い外国人教師として日本に長年滞在したエドムント＝ナウマン▲が「日本」と題する講演を行い、日本の文明化の低さを指摘した。鷗外はその内容に不満をもったので、講演のあとの小宴でナウマンが仏教では「女子には心なし」と発言したのに森は反論して、仏

ミュンヘンの七人　前列左より加藤照麿、原田直次郎、丹波敬三、後列左より横山又次郎《よこやままたじろう》、森、岩佐《いわさ》新《しん》、浜田玄達《はまだげんたつ》。

▼**マックス＝フォン＝ペッテンコオフエル**　一八一八〜一九〇一。ドイツの衛生学者、化学者。一八七六年、ミュンヘン大学の衛生学の教授となった。

とは「覚者《かくしゃ》」の意味であって経文のなかに女性の成仏《じょうぶつ》の例が多いことをあげるなどして、賞賛をあびた。このときのナウマンとのやりとりは、のちのミュンヘン留学時代のナウマンとの論争の伏線をなすものであった。

ミュンヘンにて

バイエルン王国は、プロイセン王国よりもはるかに小規模ではあるもののドイツ帝国内では第二の雄邦であり、軍事面では二個軍団を保持し、その首都のミュンヘンの大学もドイツ有数の規模であった。一八八六（明治十九）年三月七日に鷗外はドレスデンを発ち、翌日ミュンヘンに到着した。九日に森は兵部省・軍団司令部などに到着届をだし、さらに大学衛生部にマックス＝フォン＝ペッテンコオフエル▲をたずねたが、不在のため、自宅にいってあえた。

森の『自紀材料』では、一八八六年「五月三日大学に入る」とされているが、従来の研究ではこれが具体的になにを示すかについて厳密に考えられてこなかった。ミュンヘン大学の根本史料ともいうべき『学籍簿』を調査した結果、森はみずから同月一日に記載しているのを発見した（扉写真参照）。また、『在籍簿』には同年夏学期と冬学期に森の氏名などが載っている。以上から、森はミュンヘン大学においては正式の学生として留学したことがわかる。

ミュンヘン留学の時期の森の生活は、よく学びよく遊ぶという表現がよくあてはまる。森は一八八六年に兵食としての白米について論じた「日本兵食論」をドイツの衛生学の専門雑誌に発表した。彼が後年に自分の業績のなかで、真に厳密な学問としている三点の論文のうち二点がこの時期にまとめられ、少しのちに同じく専門雑誌に掲載されている。その反面、ドイツでの生活に慣れた森は、同じくドイツでの生活に馴染んだ日本人留学生(医学生の佐藤佐《さとうたすく》▲・加藤照麿《かとうてるまろ》▲や美術生の原田直次郎《はらだなおじろう》▲)との交友を深め、ともに風光明媚なシュタルンベルク湖をしばしば訪れている。しかも、当時のバイエルン国王ルートヴィヒ二世▲が同年六月十三日にこの湖でミステリアスな溺死をしたことは森にさらに深い印象をあたえ、その後もことあるごとにこの湖をたずねている。それは彼の小説「うたかたの記」に実っていくのである。この年の夏休みに森は「日本家屋論」を仕上げるが、それは同湖畔のレオニ村においてだったのである。そして、翌一八八七(明治二十)年四月にミュンヘンを去る直前にも、同地にそのころ留学し

▼**佐藤佐**　一八五七～一九一九。下総国出身の医師。一八八二～八六(明治十五～十九)年間、ドイツ留学。帰国後は、順天堂《じゅんてんどう》副院長、日本内科学会会長などを歴任。

▼**加藤照麿**　一八六三～一九二五。江戸出身の医師。一八八四～八八(明治十七～二十一)年間、ドイツ留学。帰国後は、宮内省侍医局侍医をつとめ、のちに貴族院《きぞくいん》議員になった。

▼**原田直次郎**　一八六三～九九。江戸出身の画家。一八八四～八七(明治十七～二十)年間、ドイツ留学。帰国後は、画塾鐘美館《しょうびかん》を設立したが、早世した。

▼**ルートヴィヒ二世**　一八四五～八六。バイエルン国王(在位一八六四～八六)。音楽、美術を愛し、築城に莫大な費用を費やした。

ていた日本人学生とシュタルンベルク湖で別れを惜しんだ。

それから、ミュンヘン留学期の森の活動として見逃すことができないのは、ナウマンとの論争である。ナウマンが『アルゲマイネ・ツァイテゥング』紙に一八八六年六月二十六・二十九両日に「日本列島の地と民」と題して、日本人の起源、日本人の日常生活、日本の芸術や宗教などのほかに日本の近代化や将来にふれた論文を掲載した。これに対する「日本の実相」と題する反論を森が同年十二月二十九日に同紙に載せ、ナウマンの論点を逐一批判した。ナウマンはその後二回にわたって遣り返し、森が翌年二月一日に同紙で応酬し、おたがいの誤解が解けたとして、論争の打ち切りを宣言した。

ベルリンにて

森は一八八七(明治二十)年四月十五日にミュンヘンを発ち、翌十六日正午にベルリンに到着し、さっそく日本公使館に来着を報告した。当時ベルリンに留学していた、大学の同期で軍医になっていた谷口謙《たにぐちけん》▲とともに、十八日には駐在していた乃木希典《のぎまれすけ》▲・川上操六《かわかみそうろく》両少将を訪れたのち、森はベルリンでの最初の住

▼**谷口謙** 一八五六〜一九二九。江戸出身の陸軍軍医。一八八六〜八九(明治十九〜二十二)年間、ドイツ留学。その後、陸軍軍医監・第三師団軍医部長になった。

▼**乃木希典** 一八四九〜一九一二。長門《ながと》国長府《ちょうふ》藩出身の陸軍軍人。一八八七〜八八(明治二十〜二十一)年間、ドイツ留学。日清戦争では歩兵第一旅団長として、日露戦争では第三軍司令官として従軍した。その後は学習院《がくしゅういん》院長をつとめ、一九一二(大正元)年、明治天皇の大葬《たいそう》当日に自刃《じじん》した。

北里柴三郎

▼北里柴三郎　一八五二〜一九三一。肥後《ひご》国出身の細菌学者。一八八五〜九二（明治十八〜二十五）年間、ドイツ留学し、コッホのもとで研究した。帰国後は伝染病研究所所長、北里研究所所長などを歴任。破傷風《はしょうふう》血清療法などで知られる。

▼ローベルト＝コッホ　一八四三〜一九一〇。ドイツの細菌学者。ベルリン大学教授。炭疽《たんそ》素病菌、結核菌、コレラ菌発見などの業績をあげ、細菌学を確立した。一九〇五年にノーベル賞を受賞した。

まいをマリエン通りに定めた。

同月二十日にベルリン大学に留学中の北里柴三郎《きたさとしばさぶろう》▲にともなわれて、森は同大学教授ローベルト＝コッホ▲を訪れて「従学の約」を結んだ。森はベルリン大学に正式に入学したのではなくて、衛生研究所を総括するコッホの許可をえて、同研究所で研究に携わったということであろう。森がコッホからあたえられた研究テーマは下水道のバクテリアであった。ベルリンには公使館もあり、滞在する日本人が構成する団体もあり、ここでの生活は森にとっては今までのドイツでの生活と異なり、息苦しいものになっていたようである。『独逸日記』六月一日に森は、北里・隈川の二人とともにコッホの講義に出席してあい、週に一、二度郊外で遊ぶほかはおもしろいことはないと記している。

このような時期に森にとっては、まったく意外な便りが石黒から届いた。国際赤十字に日本が加盟してからの最初の大会が一八八七年九月に西南ドイツのカールスルーエで開催されるが、日本を代表して石黒が出席するために渡独するとのことであった。そこには、なまなましい軍医部内の人間関係が反映していた。一八八五（明治十八）年に橋本が軍医総監になり軍医本部長（八六〈同十九〉

年以降は陸軍省医務局長）の職に就いたあとも、石黒は粘り強く副部長の職にとどまり、さらに内務省衛生局次長の職にも就いた。世知に長《た》けた彼は、一八八五年以来内相であった山県有朋《やまがたありとも》に接近していったのである。橋本は前回渡欧したときに日本の国際赤十字加盟への下準備をしていたので、今回も自分が渡欧して参加するつもりだったが、石黒が派遣されることになった。その具体的な経緯はわかっていないが、そこには日本陸軍内の権力者山県の介在があったと推測されている。

かくして、石黒は一八八七年七月十七日にベルリンに着いたが、彼が国際赤十字大会で成功するには、森の優れたドイツ語力を必要としていた。非常にしたたかな石黒は策謀をめぐらして驚くべき交渉力を発揮し、森の留学延期と国際赤十字大会への帯同を実現し、そのかわり橋本が強く要求する森の隊付勤務を受け入れるのである。同年九月二十二日〜二十七日にカールスルーエで開催された第四回国際赤十字大会に石黒・森は出席した。森の優れたドイツ語力によって日本側は成功をおさめ、石黒はそれを自分の功績として帰国後の一八九〇（明治二十三）年に陸軍省医務局長になっていく。

▼**早川(田村)怡与造**　一八五四～一九〇三。甲斐《かい》国出身の陸軍軍人。一八八二～八八(明治十五～二十一)年間、ドイツ留学。その後、参謀本部総務部長などを歴任し、一九〇二(明治三十五)年に参謀本部次長になるも、翌年死亡。

▼**隊付勤務**　プロイセン近衛歩兵第二連隊医長ケーレルから陸軍大臣大山巌宛に外務省経由で、軍医としての森の同連隊での勤務ぶりについての詳しい報告書がきているのが注目に値する。

森のベルリン留学期でそのほかに注目すべきは、早川《はやかわ》(のちに田村《たむら》)怡与造《いよぞう》▲大尉《たいい》のためにクラウゼヴィッツの『戦争論』の講読会を一八八八(明治二十一)年一月十八日から週二回開いていることである。また、森は一八八八年三月十日にベルリンのプロイセン近衛歩兵《このえほへい》第二連隊第一大隊における隊付勤務▲に就き、六月三十日までつとめている。かくしてドイツ留学を終えた森は、同年七月五日に石黒とともにベルリンを発ち、アムステルダム・ロンドン・パリをめぐったあとに、同月二十九日にマルセイユを発って、九月八日にフランスの汽船アヴァ号で横浜に着いた(同月十五日付の前掲英字新聞に載った乗客名簿《めいぼ》などによる)。

森のドイツ留学期間の一八八四(明治十七)年から八八年までは、そして桂が提案した陸軍首脳部のドイツ視察から陸軍の諸制度の改革までは、日本陸軍がドイツ式に範をとって確立する時期にあたっている。また、その期間はドイツ帝国憲法に影響を受けた明治憲法が準備され、公布される前年にあたる。つまり、日本の国制や軍制がドイツ式にならいながら確立しようとした時期に、森は陸軍軍医部(一八八六年以降は陸軍省医務局)の課題を背負ってドイツ留学をして、帰国したということになる。

⑤—帰国後の軌跡

ドイツ人女性の来日

森は一八八八(明治二十一)年九月八日の午後に石黒忠悳《いしぐろただのり》とともに陸軍省に出頭したあとに、実家に帰宅した。森の実妹の小金井喜美子《こがねいきみこ》の回想(同時期の史料ではない)によれば、森は帰国した日の夜に、ドイツ人女性が来日することを父親に打ち明けた。森家の人びとの驚きは当然きわめて大きく、嫁いでいた喜美子には二十四日にそのことが伝えられた。その女性が来日し築地《つきじ》の精養軒《せいようけん》に宿泊すると、ドイツ留学を経験している妹婿の小金井良精《よしきよ》▲が対処をまかされ、精養軒に日参して、そのドイツ人女性に帰国の説得をしたとされる。そして、森家はこの女性の帰国費用を工面したという。

このドイツ人女性についての信頼すべき一次史料としては『小金井良精日記』と石黒の『日乗』がある。前者の一八八八年九月〜十月の部分にはこのドイツ人女性の来日について記されている。九月二十四日に勤務先にいる小金井に「森氏事件」が伝えられた。二十五日に築地の精養軒にいき、「事件のドイツ婦

▼**小金井良精** 一八五八〜一九四四。越後国《えちごのくに》出身の解剖学者、人類学者。一八八〇〜八五(明治十三〜十八)年間、ドイツ留学。一八八六(明治十九)年に東京帝国大学医科大学教授になった。

「RM」のモノグラムの型板《かたいた》　森の本名のイニシャルR・M。

人に面会、種々談判の末」に帰宅した。二十六日に精養軒にいった。二十七日も精養軒にいったら、「森林太郎氏」がすでにきていた。十月二日精養軒にいくと、「模様よろし」、つまり状況は良い。四日には精養軒にいき、「森林太郎氏の手紙」を持参したが、状況は良くない。十四日に精養軒にいったら「林太郎氏」はきていた。十五日に精養軒にいき「今日の横浜《よこはま》行を延引」。十六日には午後二時精養軒にいき、二時四十五分に汽車で「三人」（ドイツ人女性と森と小金井）同行して、横浜にいき、「糸屋《いとや》」に宿泊した。十七日には「七時半、艀舟《はしけ》」で出発し、「本船ゲネラル・ヴェルダーまで見送る」。後者によれば、一八八八年七月二十七日にマルセイユに向かう列車内で、森の恋人がブレーメンからドイツ船で日本に向かったことを石黒は知らされていた。また、十月十七日、森がこの日に「例の人」を船まで送り届けたことを、石黒に報告にきている。

一八八八年九月十五日付英字新聞『ジャパン・ウィークリー・メール』（横浜刊行）に九月十二日入港のドイツ汽船「ゲネラル・ヴェルダー」号の乗客名簿に「エリーゼ＝ヴィーゲルト」の名が、十月二十日付の同紙に十月十七日出港のドイツ汽船「ゲネラル・ヴェルダー」号の乗客名簿に「エリーゼ＝ヴィーゲルト」の名がある。この女性の名前は小説「舞姫《まいひめ》」のヒロインの名前エリス＝ワイゲルトとも近く、『小金井良精日記』と石黒忠悳の『日乗』にあるこの女性の帰独のための乗船日ともまったく一致している。

エリーゼ＝ヴィーゲルトがどのような家庭の女性かについては、最近の有力な説としては二つある。(1)比較的裕福な「仕立物師」フェルディナント＝ヴィルヘルム＝グスタフ＝ヴィーゲルトの娘で、正確な名前はアンナ＝ベルタ＝ルイーゼ＝ヴィーゲルト（一八七二年十二月十六日出生）、(2)銀行の出納係《すいとう》であったフリードリヒ＝ヴィーゲルトの娘で、エリーゼ＝マリー＝カロリーネ＝ヴィーゲルト（一八六六年九月十五日に母の出身地シュテティーンで出生）である。

(1)の場合は、森と出会ったときは十四〜十五歳となり、名前がルイーゼであり、父親は健在だったという点が多少問題である。(2)の場合は、森と出会ったときは二〇〜二一歳となり、父親はその数年前にすでに死亡していたという問題点はある。「舞姫」の原稿でエリスは二〇歳にはならないくらいとされていたのが、変更されて十六、七歳となっているのが解明されている。「舞姫」ではエリスの母親がシュテティーンに親戚があると述べているのは、(2)の場合を裏づけるともいわれている。しかし、(2)の場合は、日本にくるまでの船賃が問題となるが、森がだせない金額でもないという指摘もでている。これらの諸点は、今後の研究の進展を待つしかないであろう。

軍医にして作家

森は帰国した一八八八(明治二十一)年の十二月二十四日には一等軍医の一等給に昇給し、二十八日に陸軍軍医学校教官兼陸軍大学校教官に任命され、軍医としての地歩を固めたのち、九〇(同二十三)年六月六日に二等軍医正に、九三(同二十六)年十一月十四日に一等軍医正になり軍医学校長の職に就き、順風満帆かのようであった。その間に当時の日本社会のいくつかの分野で、森はドイツ留学で身につけた知性・経験でもって果敢に戦いを挑んでいく。一八八八年十一月二十四日に、森は大日本私立衛生会で「非日本食論ハ将《まさ》ニ其根拠ヲ失ハントス」と題する講演を行った。

そこでは、新しい測定法によれば日本食は蛋白質《たんぱくしつ》の不足にはならないとしたうえで、日本食における蛋白質の不足を脚気《かっけ》の原因とする海軍軍医の高木兼寛《たかぎかねひろ》

▼**非日本食論**　ここでいう非日本食論とは、日本食には蛋白質が不足しているとする批判的論議のことである。

の説は根拠がないと痛烈に批判した。それは、ドイツ留学から日清《にっしん》戦争勃発時までの森を特徴づける雑誌などを舞台とした論争家としての出現をも意味した。また、それは森自身がナウマンと新聞で行った論争との延長上で理解されるべき動きでもあろう。

一八八九(明治二十二)年一月『東京医事新誌』(七七〈同十〉年創刊の週刊医事雑誌)の編集主筆として業務を開始したが、スタチックの訳語としての「統計」が適当か否かについての、いささか枝葉末節的論議を執拗《しつよう》に展開し、周囲を当惑させた。また、同誌において、森は開催予定の第一回日本医学会が真の学会ではないとして批判した。その結果、森は同年十一月には同誌の編集主筆をやめさせられた。他方、森は一八九〇年一月に『国民之友《こくみんのとも》』に小説「舞姫」を発表し、さらに八月に『しがらみ草紙《ぞうし》』(一八八九年十月にみずから創刊)に「うたかたの記」を発表し、翌九一(明治二十四)年一月には『新著百種《しんちょひゃくしゅ》』に「文づかひ」を発表した。

「ドイツ三部作」は彼がドイツ留学時代にすごしたベルリン、ミュンヘンとその近隣、ドレスデンがたくみに背景として組み込まれており、これらの作品によって作家鷗外の地位も確立したことは周知のとおりである。「舞姫」では近代的大都市の即物的な景観によって悲恋がいっそう際立っている。「うたかたの記」では親友原田直次郎《はらだなおじろう》とドイツ人の恋人をモデルにした二人の恋が、愉楽《ゆらく》をつくしたシュタルンベルク湖の悲しいまでも美しい風景を背景として描かれている。「文づかひ」では小王国ザクセンの優美な首都ドレスデンにおける典雅な宮廷《きゅうてい》も舞台とされている。

だが、石橋忍月《いしばしにんげつ》▲は「舞姫」発表直後に主人公豊太郎《とよたろう》のパーソナリティーの矛盾を批判し、森との論争が起こった。その後も石橋は「うたかたの記」「文づかひ」も批判し、そのために、一八九〇年から九一年にかけて森と石橋との間に論争が再燃した。一八九一年には森はさらに坪内逍遥《つぼうちしょうよう》▲との没理想論争などの文学上の論争を展開している。また、森はみずから一八九〇年九月に雑誌『衛生療病志』を創刊したが、彼は同誌に九三年五月に設けた「傍観機関」という欄で、医学の発達を害する医学界の長老（石黒忠悳も含む）を反動分子あるいは老策士と批判し、翌年まで傍観機関論争が展開した。

一八九四（明治二十七）年に日清戦争が起こると、森のそのような活動は一時的に収束し、彼は八月に中路兵站《ちゅうろへいたん》軍医部長として出征し、十月には第二軍兵站

▼**石橋忍月**　一八六五〜一九二六。筑後《ちくご》国出身の文芸評論家。一八八七（明治二十）年ごろから文芸評論家として活躍。のちには長崎地方裁判所判事をつとめた。

▼**坪内逍遥**　一八五九〜一九三五。美濃《みの》国出身。小説家、劇作家、文学評論家。一八八五〜八六（明治十八〜十九）年に評論「小説神髄《しんずい》」、小説「当世書生気質《とうせいしょせいかたぎ》」を発表した。

軍医部長を命ぜられた。一八九五(明治二十八)年四月の講和《こうわ》条約によって割譲《かつじょう》された台湾の鎮定《ちんてい》のために派兵がなされ、森も五月に台湾に赴いた。そして、彼は六月十五日には台湾総督府《そうとくふ》衛生委員に、七月二日には同府衛生事務総長心得《こころえ》に任命された。八月八日に彼は台湾総督府陸軍局軍医部長に任命された。実は日清戦争中に兵士がかかった病気は脚気がもっとも多かった(脚気患者数は約四万人、脚気による死亡者は約四〇〇〇人)。しかも清国・朝鮮にいた兵士よりも台湾に赴いた兵士の脚気罹病率も病死率も異常に高くなったことは大問題となり、医務局中枢部での内紛にもつながっていく。森は早くも九月二日に台湾での職を解かれ、十月三十一日には軍医学校長に任命された。

日清戦争後の一八九六(明治二十九)年に、森は『めさまし草』を創刊したり、翌年八月には「そめちがへ」を『新小説』に掲載したりして、文壇での活躍を再開した。石黒は病気を理由に一八九七(明治三十)年九月に医務局長の職から自発的に退いたが、台湾における脚気問題による穏便な引責辞任ではないかとされている。その医務局長の職を一八九七年九月に継いだ石坂惟寛《いしざかいかん》▲は、早くも翌年八月に辞任した。

▼石坂惟寛　一八四〇〜一九二三。備中《びっちゅう》国出身の陸軍軍医。適々塾《てきてきじゅく》に学ぶ。一八七二(明治五)年に陸軍軍医となる。日清戦争には第一軍軍医部長として従軍し、一八九七(明治三十)年に軍医監、医務局長になる。

小倉赴任前日の森

小倉へ

こうしたときに小池正直《こいけまさなお》は森と協力して軍医部を牽引していこうといっておきながら、一八九八(明治三十一)年八月に小池自身は軍医監に昇進して、医務局長に就任した。同年十月一日に森はまだ軍医監になれないままで近衛《このえ》師団《しだん》軍医部長兼軍医学校長に任命されたが、これは小池による人事であることはいうまでもない。そして、翌一八九九(明治三十二)年六月八日に森は軍医監に進んだが、第十二師団軍医部長に任命され、小倉《こくら》に赴任することを余儀なくされた。これは通常の定期人事異動と考えにくい面もあり、少なくとも森自身は左遷と判断した。従来の研究でも、これは左遷であり、その背後には森と確執があった石黒の動きがあったとされたり、また軍医の業務に専念しないで文筆に精をだす森を小池が快く思わなかったことがあったとされている。

これに対して参謀本部の中枢部にいた田村《たむら》(旧姓は早川《はやかわ》)怡与造《いよぞう》(森とベルリンでクラウゼヴィッツの『戦争論』を読んだ)が『戦争論』の翻訳をする時間的余裕を森にあたえるため、第十二師団に配置転換したのであり、対ロシア戦に備えた措置で左遷とはいえないとする説もでてきた。だが、この説は一次史料によって確実に証明されたわけではない。

そのほかに、これはやはり左遷であり、台湾における脚気問題の責任を問うものだとする説も存在する。つまり、石黒は一八九七(明治三十)年に表面的には病気で、実際はこの問題で辞職しており、直接の責任者の森も処分する必要があったが、石黒と同時に森の処分がなされると、石黒の引責辞任が明確になるので、時間をおいて森の第十二師団への左遷となったとされるものである。これも注目すべき説ではあるが、今後なお十分な史料的な裏付けが必要であろう。

小倉の第十二師団は、対ロシア戦争を想定して増設された師団の一つである。森は一八九九年六月十九日に小倉に着任した。小倉時代で注目されるのは、時間的余裕が生じたのか、落ち着いて仕事をしている。たとえば、一九〇一(明治三十四)年一月に『即興詩人《そっきょうしじん》』の翻訳を完成していることである。また、さきに述べたように、森は同師団将校にクラウゼヴィッツの『戦争論』の講義をしたが、この時期になされた『戦争論』の途中までの翻訳が『戦論』として同師団の将校に配布された。それから、小倉時代に森はフランス人宣教師《せんきょうし》からフランス

日露戦争中の軍服姿の森

語をならったり、曹洞宗《そうとうしゅう》の僧侶と親交を深めたり、九州の史跡などを探訪したりして、ある意味では今後の彼の知的活動の基礎の一部を築く結果になっている。

中央復帰

一九〇二(明治三十五)年三月十四日に森は東京の第一師団軍医部長に任命され、上京した。東京に戻った森は旺盛な文筆活動を再開し、九月にはアンデルセン作『即興詩人』の優れた邦訳を刊行し、十月には『万年艸《まんねんぐさ》』を創刊した。また、翌一九〇三(明治三十六)年十一月にクラウゼヴィッツの『戦争論』が『大戦学理』という題で軍事教育会から刊行され、その第一・二編は森の翻訳したものであった。

だが、再度展開した文筆活動は一九〇四(明治三十七)年に勃発した日露《にちろ》戦争のために中断を余儀なくされる。森は第二軍軍医部長として出征し、第二軍は南山《なんざん》の戦い(一九〇四年五月)、得利寺《とくりじ》の戦い(六月)、遼陽会戦《りょうようかいせん》(八~九月)、沙河《さか》の戦い(十月)、奉天《ほうてん》会戦(〇五〈同三十八〉年三月)に参戦している。一九〇四年に野戦《やせん》衛生長官小池は戦地の衛生状態を視察するが、その結果の報告では、第二軍と第三軍の衛生状態はよくなかった。そして、日露戦争でも脚気は日本陸軍を悩ませ、日本陸軍の戦死傷者約二〇万人に対して、脚気患者は約二五万人、脚気による死亡者は約二万七〇〇〇人に達したとされ、しかも脚気患者の死亡率は第二軍がもっとも高かった。とにかく日露戦争時の日本陸軍における脚気の被害は甚大で、戦後に陸軍軍医部の最高責任者である小池は厳しく批判されていく。一九〇六(明治三十九)年一月に森は帰国し、第一師団軍医部長の職に戻った。

日露戦争直後の森の動静でまず注目されるのは、彼が親友賀古鶴所《かこつるど》▲とともに幹事をつとめる歌会「常磐会《ときわかい》」を一九〇六年六月に結成していることである。この会の結成の経緯と目的は史料によって明確にできにくい面があるが、山県有朋《やまがたありとも》と親しい賀古が「常磐会」で森を山県に引きあわせ、小池やその背後にいる石黒と森との対立を打開することだったというのが通説である。

「舞姫」の主人公太田《おおた》豊太郎がベルリンで窮地に陥ったときに、「天方伯爵《あまがたはくしゃく》」に従って来独した親友「相沢鎌吉」がそれを救ったとされているが、相沢のモデル

▼**賀古鶴所**　一八五五〜一九三一。遠江《とおとうみ》国出身の陸軍軍医。一八八八〜八九(明治二十一〜二十二)年間、山県有朋に従って渡欧。日露戦争の後に軍医監。

椿山荘（現、東京都文京区関口《せきぐち》）

が賀古にほかならない。賀古は一八八八年に実際に山県に従って渡欧し、それ以来、両者は密接な関係にあった。「常磐会」結成以降、毎月開催される歌会を通じて森は山県に接近し、山県は森を文化的ブレーンとしていったともいえよう。

一九〇七（明治四十）年十一月十三日に、森は陸軍軍医総監に任命され、陸軍省医務局長に就任した。その直後の同月十七日に森が「常磐会」出席のために、山県の椿山荘《ちんざんそう》をたずねていることは象徴的でもある。一九〇七年から翌〇八（明治四十一）年にかけて、森は医務局長としての公務とそれ以外の業務で多忙になっていく。一九〇七年十一月二十二日に明治三七八年戦役衛生史編集委員長、〇八年五月二十五日に森は臨時仮名遣《かなづかい》調査委員会委員に任命されている。また同月三十日に臨時脚気病調査官制が公布され、森はこの調査会の会長として脚気の問題に取り組んでいくことになる。八月二十五日に靖国《やすくに》神社遊就館《ゆうしゅうかん》整理委員、九月二十六日に教科用図書調査委員会委員に命じられている。そのようななかで一九〇七年には森は『うた日記』を出版し、〇八年には多数の外国作品を翻訳している。

「豊熟の時代」

一九〇九(明治四十二)年は森の文学活動が本格的に再始動したということから、通常「豊熟の時代」の起点とみなされ、それには夏目漱石《なつめそうせき》▲の活動が刺激となったといわれている。一九〇九年三月から、森は講読していたドイツの新聞から興味深い記事を抜粋して紹介する「椋鳥《むくどり》通信」(「舞姫」の主人公の豊太郎は一時、通信員の仕事をしていることを連想すべきである)を雑誌『スバル』に連載した(一三〈大正二〉年十二月まで)。森は同誌に六月には「魔睡《ますい》」、七月には「ヰタ・セクスアリス」を発表した。前者は自己の妻をモデルとした女性が医師に魔睡術をかけられたという内容で、森は首相の桂太郎に呼びだされて事情を聴かれた。後者は、金井という哲学者の「性欲の歴史」を描いた形の作品で、発禁処分になっただけではなく、八月六日に陸軍次官石本新六《いしもとしんろく》▲から森は戒められた。この年も森は多数の外国作品を翻訳している。

一九一〇(明治四十三)年五月には大逆《たいぎゃく》事件が起こり、また医務局長としての森は陸軍軍医の人事権をめぐって陸軍次官石本と九月から対立していく。そうしたなかで森は同年三月から翌一九一一(明治四十四)年八月まで「青年」を『スバ

▼**夏目漱石**　一八六七～一九一六。江戸《えど》出身の小説家。松山《まつやま》中学、第五高等学校に勤務したのち、一九〇〇～〇三(明治三十三～三十六)年間、イギリス留学。帰国後は、第一高等学校、東京帝国大学文科大学に勤務。その後、小説家として活躍した。

▼**石本新六**　一八五四～一九一二。姫路《ひめじ》藩出身の陸軍軍人。一八七九～八二(明治十二～十五)年間、フランス留学。軍務局工兵課長、築城《ちくじょう》部《ぶ》本部長などを歴任。一九〇三(明治三十六)年に陸軍次官、さらに一一(同四十四)年陸相になるも翌年には死去。

『三田文学』と『スバル』

▼**パアシイ族**　ササン朝の滅亡のためイランからインドに移住したゾロアスター教徒は、パルシー(ペルシア人の意)と呼ばれた。

ル』に掲載した。また、彼は六月に本書の④章の冒頭でふれた「普請中《ふしんちゅう》」を、十一月には「沈黙の塔」を『三田文学《みたぶんがく》』に発表している。前者はすでに述べたように森の当時の日本社会に対する見方が語られているものである。そこにおける「日本は普請中」という渡辺参事官《さんじかん》の発言は、再会したドイツ人女性が心配するほど、公職にある者としては、いささか大胆なものであることは注目に値する。後者は、パアシイ族▲のなかで「危険な書物」を読んだために殺された人が運び込まれる塔が描かれていることからも、大逆事件に直接結びつけられないものの、無関係では無論ない。

十二月には『三田文学』に「食堂」が発表され、役所の食堂で官吏《かんり》たちが大逆事件を話題にしながら昼食をとっており、そのなかの一人である木村が無政府主義や社会主義の歴史について説明するが、それは森自身の無政府主義や社会主義についての知識なのであろう。森が山県に社会主義について個人的に講義をしていたと伝えられており、また森が山県に差しだす社会主義についての資料を垣間みたという人物の陳述もある。「食堂」での木村の説明は、森のそうした言動を推測させるものであろう。

一九一一年三月〜四月に「妄想《もうそう》」が『三田文学』に発表されたが、ドイツ留学中の生活の一部が下敷になっており、ドイツでのことがようやくこのころに客観視できたのであろう。九月に小説「雁《がん》」の連載を『スバル』で開始する（一時中絶のあと、一九一五〈大正四〉年五月に完結）が、森自身の学生時代のことを背景として、筋が展開されている。「舞姫」ではエリスとのことは豊太郎の「ドイツ留学」からの帰国で終るのだが、「雁」では、お玉という女性の岡田という学生に対する淡い恋心が、「舞姫」とは逆の空間移動、つまり岡田のドイツへの留学によって、淡雪のように消え去る。そうした意味では、この作品でもまた「ドイツ留学」が大きな役割を演じているといえよう。十月から翌年十二月まで『三田文学』に連載された「灰燼《かいじん》」は、山口節蔵《やまぐちせつぞう》という人物が青年時代に谷田家に寄宿したときのことを回想する筋であるが、未完のまま終っている。

子爵《ししゃく》の令息で、一九〇七（明治四十）年から一〇年にかけてベルリン大学に留学した設定の五条秀麿《ごじょうひでまろ》を主人公にしている「かのやうに」を、一九一二年一月に『中央公論』に発表する。前年に起こった南北朝正閏《なんぼくちょうせいじゅん》問題が意識された結果の作品で、国家神道《こっかしんとう》に対する森のスタンスが示されている。そこでの秀麿の父

殉死当日の乃木夫妻

五条子爵への意識は、森の山県へのそれであろう。五条秀麿を主人公にした作品「吃逆《しゃっくり》」が同年五月に『中央公論』で、「藤棚」が六月に『太陽』で発表されるが、この「秀磨もの」といわれるこれらの三作品は森の明治期の小説を締めくくるようなものになっただけではなくて、「秀磨もの」の第四作の「槌一下《つちいっか》」(発表は一九一三年)は結果的には同時代を題材にした森の小説のなかでの最後の力作ともいうべきものになった。同年七月には森はまたもや人事に関することで陸軍次官と対立し、森は医務局長の辞任も考えたが、結果的には留任となった。

ところで、一九一二年七月三十日に明治天皇が崩御し、九月十三日に陸軍大将乃木希典《のぎまれすけ》が殉死《じゅんし》したのを機に、森は歴史小説「興津弥五右衛門《おきつやごうえもん》の遺書」を執筆し、同年十月に『中央公論』で発表する。そのころまで森は学生時代やドイツ留学時代などを題材あるいは下敷にした同時代ものの小説を書いていたが、乃木の殉死を契機にして日本の伝統的社会における人間関係について沈思していく。そして、それは翌一九一三年一月に『中央公論』で発表された「阿部《あべ》一族」以降の歴史小説に連なっていく。

同年七月に『中央公論』で発表された「槌一下」は、梨本宮《なしもとのみや》を新橋《しんばし》駅に見送りにいったときのことと、山口県秋吉《あきよし》で採石所を経営する社会事業家の本間《ほんま》俊平《しゅんぺい》を見送りにいったときのことを対比的に叙述したものである。明治末以来の「秀麿もの」の最終作でもあるこの作品は、前述のように同時代を題材にした森の小説のなかで最後の力作ともいうべきもので、そこには森の「社会問題」の意識が投影されている面がある。この年の十月には『ホトトギス』に「護寺院原《ごじいんはら》の敵討《かたきうち》」を、翌一九一四(大正三)年一月には『中央公論』に「大塩平八郎《おおしおへいはちろう》」を、二月には『新小説』に「堺事件《さかいじけん》」を、三月には「曽我《そが》兄弟」を、九月には『太陽』に「栗山《くりやま》大膳《だいぜん》」を発表するなど、「歴史小説」に森は沈潜していく。

一九一五年一月に『心の花』に発表された「歴史其儘《そのまま》と歴史離れ」では、同月『中央公論』に掲載された「山椒《さんしょう》太夫《だゆう》」執筆の舞台裏が明かされている。史料にある歴史の「自然」を尊重しようとして歴史に縛られたので、「歴史離れ」しようとして「山椒太夫」が書かれた。だが、文献史料を用いて人物や時代の設定をするなかで、結果的には、「歴史離れ」が十分ではなかったと「告白」されている。

翌一九一六(大正五)年一月に「高瀬舟《たかせぶね》」が『中央公論』に、「寒山拾得《かんざんじっとく》」が『新小説』に発表された。同年は「歴史其儘」がめざされ、一月〜五月に史伝「渋江《しぶえ》抽《ちゅう》

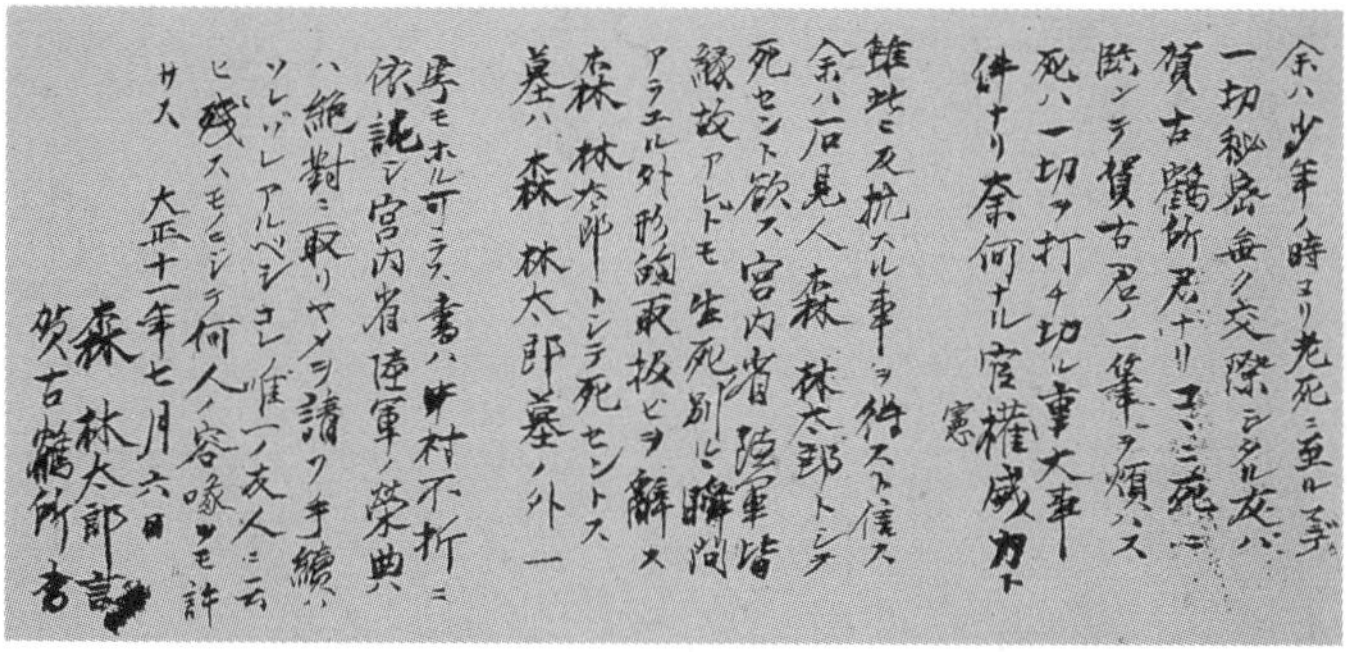
余ハ少年ノ時ヨリ老死ニ至ルマテ
一切秘密無ク交際シタル友ハ
賀古鶴所君ナリ ここニ死ニ
臨ンテ賀古君ノ一筆ヲ煩ハス
死ハ一切ヲ打チ切ル重大事
件ナリ奈何ナル官憲威力ト
雖此ニ反抗スル事ヲ得スト信ス
余ハ石見人森林太郎トシテ
死セント欲ス宮内省陸軍皆
縁故アレドモ生死別ルル瞬間
アラユル外形的取扱ヒヲ辞ス
森林太郎トシテ死セントス
墓ハ森林太郎墓ノ外一
字モホル可ラス書ハ中村不折ニ
依託シ宮内省陸軍ノ栄典
ハ絶対ニ取リヤメヲ請フ手続ハ
ソレゾレアルベシコレ唯一ノ友人ニ云
ヒ残スモノニシテ何人ノ容喙ヲモ許
サス
大正十一年七月六日
森林太郎言
賀古鶴所書

賀古鶴所筆記の森の遺言

斎《さい》」が、六月から(一七〈同六〉年九月まで)史伝「伊沢蘭軒《いざわらんけん》」が『東京日々《にちにち》新聞』『大阪毎日新聞』に連載された。この両作品が発表された同年の四月十三日に、森は陸軍軍医総監・陸軍省医務局長を辞任した。それは一九〇八(明治四十一)年以来、精勤してきた臨時脚気病調査会会長からの退任も意味するが、その後も森は同会臨時委員として脚気の問題に取り組んだ。一九一六年四月から宮内省《くないしょう》帝室博物館総長兼図書頭《ずしょのかみ》に就任する一七年十二月までは、森にしてはめずらしく専任の公職にない期間だが、その時期に彼は史伝「北条霞亭《ほうじょうかてい》」を『東京日々新聞』『大阪毎日新聞』に連載している。

最晩年

その後も森は公職を歴任し、一九一九(大正八)年九月八日に帝国美術院の初代院長に、二一(同十)年六月二十五日に臨時国語調査会会長に就任する。そうしたなかで一九二〇(大正九)年三月六日に彼は警察官のために社会問題を講じているのは、注目に値する。というのも、同年には二月の八幡《やはた》製鉄所での大規模なストライキをはじめ労働争議が多発しているからである。

森の墓碑（三鷹市禅林寺）

老齢のために著述は少なくなるが、それでも一九二〇年十月から翌年十一月まで「霞亭の生涯の末一年」を『アララギ』に連載し、二一年三月に『帝諡考《ていしこう》』を刊行した。一九二二（大正十一）年になると森は健康が優れず、七月九日に東京で没し、向島《むこうじま》の弘福寺《こうふくじ》に埋葬され（のち、三鷹市禅林寺《みたかしぜんりんじ》に改葬）、戒名は「貞献院殿《ていけんいんでん》文穆思斎大居士《ぶんぼくしさいだいこじ》」で、遺言により墓石にはただ「森林太郎墓」とのみきざまれた。

写真所蔵・提供者一覧(敬称略・五十音順)

糸魚川市博物館　p. 68
お茶の水女子大学　p. 14右
学校法人北里研究所　p. 72
京都市　p. 37
国立公文書館　p. 60
国立国会図書館　カバー裏右, p. 7, 8, 9, 11, 14左, 22, 28, 32右・左, 39中・下, 46, 86
佐藤英世　p. 93
聖徳記念絵画館　p. 15
東京慈恵会医科大学　p. 57
東京大学法学部付属明治新聞雑誌文庫　p. 19, 26, 56
長崎歴史文化博物館　p. 58
日本近代史研究会　p. 47
日本近代文学館　p. 88右・左
ＰＰＳ通信社　カバー表
福井市立郷土歴史博物館　p. 59
文京区　カバー裏左, p. 52上, 64下, 65, 66, 69, 76, 82, 84, 92
文京区・朝日新聞社　p. 52下
毎日新聞社　p. 18, 90
森鷗外記念館(津和野町)　p. 54
ユニフォトプレス　p. 30, 31, 39上
横浜開港資料館　p. 64上
Archiv der Ludwig-Maximilians-Universität München　扉
"The great earthquake of Japan, 1891"　p. 25

『陸軍軍医本部日報』防衛研究所図書館所蔵
「陸軍軍医森林太郎独逸国近衛歩兵隊へ附属の件」外務省外交史料館所蔵
『陸軍大日記　明治十七年』防衛研究所図書館所蔵
石黒悳直『懐旧九十年』岩波文庫, 岩波書店, 1983年
石附実『近代日本の海外留学史』中公文庫, 中央公論社, 1992年
小金井喜美子『鷗外の思い出』岩波文庫, 岩波書店, 2000年
小金井喜美子『森鷗外の系族』岩波文庫, 岩波書店, 2001年
小堀桂一郎『森鷗外――文業解題(創作篇)』岩波書店, 1982年
小堀桂一郎『森鷗外――文業解題(翻訳篇)』岩波書店, 1982年
小堀桂一郎『若き日の森鷗外』岩波書店, 1977年
今野勉『鷗外の恋人　百二十年後の真実』日本放送出版協会, 2010年
坂根義久校注『青木周蔵自伝』東洋文庫, 平凡社, 1970年
白崎昭一郎『森鷗外　もう一つの実像』吉川弘文館, 1998年
手塚晃・石島利男共編『幕末明治期海外渡航者人物情報事典』金沢工業大学, 2003年
東京大学百年史編集委員会編『東京大学百年史　通史　全三巻』東京大学出版会, 1984～86年
中井嘉幸『鷗外留学始末』岩波書店, 2010年
中村文雄『森鷗外と明治国家』三一書房, 1992年
成瀬治・山田欣吾・木村靖二編『世界歴史大系　ドイツ史２』山川出版社, 1996年
苦木虎雄『鷗外研究年表』鷗出版, 2006年
星新一『祖父・小金井良精の記』河出書房新社, 1974年
丸山博『森鷗外と衛生学』勁草書房, 1984年
森林太郎著・木下杢太郎ほか編『鷗外全集　全三八巻』岩波書店, 1971～76年
山崎國紀『評伝　森鷗外』大修館書店, 2007年
山下政三『鷗外森林太郎と脚気紛争』日本評論社, 2008年
ユネスコ東アジア文化センター編『資料　御雇外国人』小学館, 1975年
吉野俊彦『森鷗外私論』毎日新聞社, 1972年
六草いちか『鷗外の恋　舞姫エリスの真実』講談社, 2011年
Amtliches Verzeichnis des Personals der Lehrer, Beamten und Studierenden an der Königlich Bayerischen Ludwig-Maximilians-Universität zu München. Sommer-Semester 1886. München 1886. Bibliothek der Ludwig-Maximilians-Universität München.
Amtliches Verzeichnis des Personals der Lehrer, Beamten und Studierenden an der Königlich Bayerischen Ludwig-Maximilians-Universität zu München. Winter-Semester 1886. München 1886. Bibliothek der Ludwig-Maximilians-Universität München.
Die Matrikel der Königlich Bayerischen Ludwig-Maximilians-Universität zu München. Sommer-Semester 1886. Archiv der Ludwig-Maximilians-Universität München. D-V-31.
Rang- und Quartier-Liste der Könilich Preußischen Armee für 1888, Berlin 1888.

参考文献

〔桂太郎関係〕

大山巌『洋行日記』国立国会図書館所蔵

『桂太郎自伝稿本』国立国会図書館所蔵

『自慶応丁卯年明治壬申年末　外務省記録　航海人明細鑑』外務省外交史料館蔵

『太政類典第一編第二十巻　学制　生徒』国立公文書館所蔵

『本官勘合帳　外国官一号　第一巻』外務省外交史料館蔵

『明治庚午九月ヨリ十月迄　外国留学生事件』防衛研究所図書館所蔵

石附実『近代日本の海外留学史』中公文庫, 中央公論社, 1992年

伊藤之雄『日本の歴史22　政党政治と天皇』講談社学術文庫, 講談社, 2010年

宇野俊一校注『桂太郎自伝』東洋文庫, 平凡社, 1993年

宇野俊一『桂太郎』人物叢書, 吉川弘文館, 2006年

大山元帥伝編纂委員会編『元帥大山巌』大山元帥伝刊行会, 1935年

桂太郎『処世訓』寶文館, 1912年

黒野耐『参謀本部と陸軍大学校』講談社現代新書, 講談社, 2004年

小林道彦『桂太郎』ミネルヴァ日本評伝選, ミネルヴァ書房, 2006年

坂根義久校注『青木周蔵自伝』東洋文庫, 平凡社, 1970年

高橋邦太郎『お雇外国人⑥　軍事』鹿島出版会, 1968年

千葉功編『桂太郎関係文書』東京大学出版会, 2010年

千葉功編『桂太郎発書簡集』東京大学出版会, 2010年

手塚晃・石島利男共編『幕末明治期海外渡航者人物情報事典』金沢工業大学, 2003年

徳富猪一郎編述『公爵桂太郎伝』故桂公爵記念事業会, 1917年

富村太郎『萩原三圭の留学』郷学舎, 1981年

中山治一『帝国主義の開幕』講談社現代新書, 講談社, 1972年

日本近代史研究会編『日本陸海軍の制度・組織・人事』東京大学出版会, 1972年

日本史籍協会編『木戸孝允日記』東京大学出版会, 1985年

『林翁渡仏日記』(田中耕太郎『林有造伝』所収)土佐史談会, 1979年

藤村道生『日清戦争』岩波新書, 岩波書店, 1977年

古屋哲郎『日露戦争』中公新書, 中央公論社, 1966年

細川雄二郎編纂『日本財政年鑑　国庫一般會計之部　第貳輯　自明治二十四年度至明治三十九年度　全』蒼北文庫蔵版, 1909年

望田幸雄『ドイツ統一戦争』教育社歴史新書, 教育社, 1979年

山田朗『軍備拡張の近代史　日本陸軍の膨張と崩壊』吉川弘文館, 1997年

山本四郎『大正政変の基礎的研究』御茶の水書房, 1970年

横手慎二『日露戦争史』中公新書, 中央公論社, 2005年

Rang- und Quartier-Liste der Königlich Preußischen Armee für 1866, Berlin 1866.

Rang- und Quartier-Liste der Königlich Preußischen Armee für 1875, Berlin 1875.

〔森鷗外関係〕

『公文録　官吏進退　陸軍　明治十七年自五月至八月　全』国立公文書館所蔵

「進文学舎　私学開業願」東京都立公文書館所蔵

『日乗　第四』(「石黒忠悳文書」所収)国立国会図書館所蔵

「明治六年私立学校明細調」東京都立公文書館所蔵

森鷗外とその時代

西暦	年号	齢	おもな事項
1862	文久2	1	*1-19* 津和野藩医森静泰の長男として出生
1872	明治5	11	*6-26* 父に同行し津和野を発つ。*10-* 本郷の進文学舎に学ぶ
1874	7	13	*1-* 第一大学区医学校(のちに東京医学校，さらに東京大学医学部となる)予科に入学
1877	10	16	*4-* 東京大学医学部本科に進む
1881	14	20	*7-9* 東京大学医学部を卒業。*12-16* 陸軍にはいって，陸軍軍医副に任命される
1884	17	23	*6-7* ドイツ留学の命を受け，*8-24* 離日し，*10-11* ベルリンに到着。*10-22* ライプチヒに赴き，同地の大学のホフマンに師事
1885	18	24	*10-13* ドレスデンでザクセン陸軍冬季軍医学講習に参加
1886	19	25	*3-8* ミュンヘンに移り，同地の大学のペッテンコオフエルに師事。*5-1* ミュンヘン大学に入学
1887	20	26	*4-16* ベルリンに移り，同地の大学でコッホに師事。*9-22～27* カールスルーエでの第4回国際赤十字大会に参加
1888	21	27	*9-8* 帰国。*12-28* 陸軍軍医学校・陸軍大学校教官に就任
1889	22	28	*1-*『東京医事新誌』の編集主筆になるも，*11-* 罷免される
1890	23	29	*1-3*「舞姫」を『国民之友』に発表
1894	27	33	*8-27* 第二軍兵站軍医部長となり，日清戦争に従軍(～1895)
1899	32	38	*6-8* 軍医監に昇進し，小倉の第十二師団軍医部長に任命される。この年，同師団将校にクラウゼヴィッツの『戦争論』を講ず
1902	35	41	*3-14* 第一師団軍医部長となり，上京
1904	37	43	*3-6* 第二軍軍医部長となり，日露戦争に従軍(～1905)
1906	39	45	*1-12* 東京に帰還し，第一師団軍医部長の職に戻る。*6-10*「常磐会」(山県有朋が中心)を創設し，幹事の一人になる
1907	40	46	*11-13* 陸軍軍医総監となり，陸軍省医務局長に任命される
1911	44	50	*9-1*『スバル』に小説「雁」の連載を開始(～1913)
1912	大正元	51	*1-*「かのやうに」を『中央公論』に発表。*10-*「興津弥五右衛門の遺書」を『中央公論』に発表
1913	2	52	*1-*「阿部一族」を『中央公論』に発表
1916	5	55	*1-*『中央公論』に「高瀬舟」を発表。*4-13* 陸軍軍医総監・陸軍省医務局長を辞任
1917	6	56	*12-25* 宮内省帝室博物館総長兼図書頭に任命される
1919	8	59	*9-8* 帝国美術院院長に就任
1921	10	60	*6-25* 臨時国語調査会会長に就任
1922	11	61	*7-9* 東京で没し，向島の弘福寺に埋葬される(のちに，三鷹の禅林寺に改葬)。戒名は「貞献院殿文穆思斎大居士」

1872(明治5)年までは陰暦による。本文では必要に応じて陽暦を併記した。

桂太郎とその時代

西暦	年号	齢	おもな事項
1848	弘化4	1	***11-28*** 長州藩士桂与一右衛門の長男として出生
1869	明治2	22	***10-*** 横浜語学所にはいる
1870	3	23	***5-*** 大阪兵学寮幼年学舎に移るも，退校。***8-28*** 留学のために欧州に向かって横浜を発つ。***10-26*** ベルリンに到着
1873	6	26	***10-12*** 帰国
1874	7	27	***1-13*** 陸軍歩兵大尉に任ぜられ，陸軍省第六局に勤務。***6-10*** 陸軍少佐に昇進。***7-2*** 参謀局諜報提理に任ぜられる
1875	8	28	***3-30*** 独駐在公使館付武官に任ぜられる。***5-15*** 横浜を発つ。ドイツでプロイセン第三軍団軍事監督部などで軍事行政を研究する
1878	11	31	***7-14*** 帰国。***7-30*** 参謀局諜報提理に復す。***11-21*** 陸軍中佐に昇進
1882	15	35	***2-6*** 陸軍大佐に任ぜられる
1884	17	37	***2-16*** 陸軍欧州使節団の一員として横浜を発つ
1885	18	38	***1-25*** 帰国。***5-21*** 陸軍少将に任ぜられ，陸軍省総務局長に補される
1890	23	43	***3-27*** 陸軍省軍務局長に補され，***6-7*** 陸軍中将に任ぜられる
1891	24	44	***6-1*** 第三師団長として名古屋に赴任。***10-28*** 濃尾大地震に際し迅速な対応をなす
1894	27	47	***9-1*** 日清戦争に第三師団長として出征
1895	28	48	***4-17*** 下関条約締結。***6-29*** 第三師団長として駐屯地に戻る。***8-20*** 子爵に叙せられる
1896	29	49	***6-2*** 台湾総督。***10-14*** 東京湾防御総督に任ぜられる
1898	31	51	***1-12*** 第三次伊藤博文内閣に陸軍大臣として入閣。***9-28*** 陸軍大将に任ぜられる
1901	34	54	***6-2*** 第一次桂内閣成立(〜1905. ***12-21***)
1902	35	55	***1-30*** 日英同盟締結。***2-27*** 伯爵に叙せられる
1904	37	57	***2-10*** 日露戦争勃発
1905	38	58	***9-5*** ポーツマス条約締結。日比谷焼打ち事件起こる
1907	40	60	***9-21*** 侯爵に叙せられる
1908	41	61	***7-14*** 第二次桂内閣成立(〜1911. ***8-25***)
1910	43	63	***5-*** 大逆事件起こる
1911	44	64	***2-*** 南北朝正閏問題発生。***4-21*** 公爵に叙せられる
1912	大正元	65	***7-6*** 欧州に向け離日。***8-11*** 帰京。***8-13*** 内大臣兼侍従長に任ぜられる。***12-21*** 第三次桂内閣成立
1913	2	66	***2-11*** 第三次桂内閣総辞職。***2-24*** 立憲同志会代議士総会開催。***10-10*** 葉山にて死没。東京府世田谷村若林の松陰神社のかたわらに埋葬される。戒名は「長雲院殿忠誉義道清澄大居士」

1872(明治5)年までは陰暦による。本文では必要に応じて陽暦を併記した。

荒木康彦(あらき やすひこ)
1946年生まれ
関西学院大学大学院文学研究科博士課程単位取得満期退学
博士(歴史学)
専攻，近代日独交渉史
現在，近畿大学名誉教授
主要著書
『近代日独交渉史研究序説—最初のドイツ大学日本人学生馬島済治とカール・レーマン—』
(雄松堂出版2003)
『歴史学』(共著，近畿大学通信教育部2002)
『西洋世界の歴史像を求めて』(共著，関西学院大学出版会2006)
『鉄砲伝来の日本史—火縄銃からライフル銃まで』(共著，吉川弘文館2007)
『世耕弘一—人と時代』(東信堂2019)

日本史リブレット人 091
桂《かつら》 太郎《たろう》と森鷗外《もりおうがい》
ドイツ留学生のその後の軌跡

2012年5月20日　1版1刷　発行
2021年9月5日　1版2刷　発行

著者：荒木康彦《あらきやすひこ》
発行者：野澤武史
発行所：株式会社 山川出版社
〒101-0047　東京都千代田区内神田1-13-13
電話　03(3293)8131(営業)
03(3293)8135(編集)
https://www.yamakawa.co.jp/
振替　00120-9-43993
印刷所：明和印刷株式会社
製本所：株式会社 手塚製本所
装幀：菊地信義

Printed in Japan ISBN 978-4-634-54891-6

日本史リブレット 人

1 卑弥呼と台与——仁藤敦史
2 倭の五王——森　公章
3 蘇我大臣家——佐藤長門
4 聖徳太子——大平　聡
5 天智天皇——須原祥二
6 天武天皇と持統天皇——義江明子
7 聖武天皇——寺崎保広
8 行基——鈴木景二
9 藤原不比等——坂上康俊
10 大伴家持——鐘江宏之
11 桓武天皇——西本昌弘
12 空海——曾根正人
13 円仁と円珍——平野卓治
14 菅原道真——大隅清陽
15 藤原良房——今　正秀
16 宇多天皇と醍醐天皇——川尻秋生
17 平将門と藤原純友——下向井龍彦
18 源信と空也——新川登亀男
19 藤原道長——大津　透
20 清少納言と紫式部——丸山裕美子
21 後三条天皇——美川　圭
22 源義家——野口　実
23 奥州藤原三代——斉藤利男
24 後白河上皇——遠藤基郎
25 平清盛——上杉和彦
26 源頼朝——高橋典幸
27 重源と栄西——久野修義
28 法然——平　雅行
29 北条時政と北条政子——関　幸彦
30 藤原定家——五味文彦
31 後鳥羽上皇——杉橋隆夫
32 北条泰時——三田武繁
33 日蓮と一遍——佐々木馨
34 北条時宗と安達泰盛——福島金治
35 北条高時と金沢貞顕——永井　晋
36 足利尊氏と足利直義——山家浩樹
37 後醍醐天皇——本郷和人
38 北畠親房と今川了俊——近藤成一
39 足利義満——伊藤喜良
40 足利義政と日野富子——田端泰子
41 蓮如——神田千里
42 北条早雲——池上裕子
43 武田信玄と毛利元就——鴨川達夫
44 フランシスコ＝ザビエル——浅見雅一
45 織田信長——藤田達生
46 徳川家康——藤井讓治
47 後水尾院と東福門院——山口和夫
48 徳川光圀——鈴木暎一
49 徳川綱吉——福田千鶴
50 渋川春海——林　淳
51 徳川吉宗——大石　学
52 田沼意次——深谷克己
53 遠山景元——藤田　覚
54 酒井抱一——玉蟲敏子
55 葛飾北斎——大久保純一
56 塙保己一——高埜利彦
57 伊能忠敬——星埜由尚
58 近藤重蔵と近藤富蔵——谷本晃久
59 二宮尊徳——舟橋明宏
60 平田篤胤と佐藤信淵——小野　将
61 大原幽学と飯岡助五郎——高橋　敏
62 ケンペルとシーボルト——松井洋子
63 小林一茶——青木美智男
64 鶴屋南北——諏訪春雄
65 中山みき——小澤　浩
66 勝小吉と勝海舟——大口勇次郎
67 坂本龍馬——井上　勲
68 土方歳三と榎本武揚——宮地正人
69 徳川慶喜——松尾正人
70 木戸孝允——一坂太郎
71 西郷隆盛——德永和喜
72 大久保利通——佐々木克
73 明治天皇と昭憲皇太后——佐々木隆
74 岩倉具視——坂本一登
75 後藤象二郎——村瀬信一
76 福澤諭吉と大隈重信——池田勇太
77 伊藤博文と山県有朋——西川　誠
78 井上馨——神山恒雄
79 河野広中と田中正造——田崎公司
80 尚泰——川畑　恵
81 森有礼と内村鑑三——狐塚裕子
82 重野安繹と久米邦武——松沢裕作
83 徳富蘇峰——中野目徹
84 岡倉天心と大川周明——塩出浩之
85 渋沢栄一——井上　潤
86 三野村利左衛門と益田孝——森田貴子
87 ボアソナード——池田眞朗
88 島地黙雷——山口輝臣
89 児玉源太郎——大澤博明
90 西園寺公望——永井　和
91 桂太郎と森鷗外——荒木康彦
92 高峰譲吉と豊田佐吉——鈴木　淳
93 平塚らいてう——差波亜紀子
94 原敬——季武嘉也
95 美濃部達吉と吉野作造——古川江里子
96 斎藤実——小林和幸
97 田中義一——加藤陽子
98 松岡洋右——田浦雅徳
99 溥儀——塚瀬　進
100 東条英機——古川隆久

〈白ヌキ数字は既刊〉